父母爱情

（原著小说）

A

我怎么看，怎么觉得他俩不般配。我就想，这月下老人也有办糊涂事的时候。

写父母的爱情，是天底下最最不明智的举动了。但我实在太想写他们了，到了想起他们手就痒痒的地步。

我把我的这个想法和打算讲给我的大姐听，大姐用那么一种眼神看了我半天，又思忖了半天，问我：

"你没病吧？"我也想了半天，确认我没病。于是，我就铺开稿纸，蘸足墨水，大张旗鼓地写我老爹和老娘的爱情——如果婚姻也算爱情的话。

B

我是他们的第七个子女。具体点说，是他们三个儿子四个女儿中的最后一个女儿。他们生下我的时候，连给我起个正儿八经一点的名字的力气和兴趣都没有了。他们管我叫"老七"，这个名字听起来匪里匪气的，让人很容易联想起威虎山上的某个角色。这个非正式名字一直叫到我上小学、上中学、上大学乃至结婚有了丈夫。到现在我的丈夫还时不时亲热地喊我一声"老七"，那感觉就像我不是他明媒正娶的原配妻子，而是个来路不正的伪劣的七姨太什么的。对他那种很有成就感的声音我义愤填膺，但这事我又实在没法跟他翻脸。寻根究底，我的脸实在应该找我的父母去翻。

生我的时候，我父亲已是四十五岁的人了，我的母亲也已三十有八。这种年龄按现在科学的围产保健说法，已是高龄父母，而我母亲则应该算是高危产妇。他们已经过了生育的最佳年龄，这时候生下的孩子很容易是白痴或者弱智。想想也是，现在我这种不顾一切地要揭他们短的举动，实在应该算进白痴或者弱智的范畴里去。

如果你们以为他俩生了七个孩子，而且儿女双全，那生活一定美满幸福，我这个白痴或者弱智就要笑话你们也是白痴或者是弱智了。数量有时候什么也不能说明，只是一次次行为的重复罢了。

据说我还不是最后一个，我底下竟然还有过一个老八。但老八不走运，人还未完全成形，就被穿白大褂的人用刀子从我母亲温暖的子宫里提前赶走了。那是一个男孩,如果有他在,就会有人叫我姐姐了,这样我也可以有个比我更小的人儿好欺负。可惜我没有。

从我懂事那天起,我就开始用冷眼观看我父亲和我母亲的情感生活。你们千万别把我当天才看,别忘了我是一对高龄夫妇的产物,没成为白痴或者弱智已是我天大的幸福。实话说我一点也不比我上边的哥哥姐姐们聪明,只不过我比他们任何一个都敏感。对,是这话,敏感。

七岁那年我得了肾炎,有了毛病的肾几乎置我于死地。住了十个月的院再休养了三年,我最后总算彻底从弟弟老八那儿逃回来。出院的时候我已经八岁了,父母把我关在家里,不让我上学,不让我出去玩,甚至不让我过多地下地走动。白天,整个大房子里就剩下我和我母亲两个人悄无声息的喘气。

孤独就是在那个时期悄悄地附身，敏感，从此也就呼之欲出了。

这种对于一个八岁儿童可以称作是特异功能的本事，被我首先活学活用地用到了我的父母亲身上。于是，我就觉得日子过得比以前有意思多了。

C

我父母结婚的时候，中华人民共和国的第一部婚姻法已经颁布实施一年多了。那部新婚姻法充分体现了党和政府的心是体贴广大青年男女的，把婚姻自主、自由恋爱旗帜鲜明白纸黑字地写在里头。我就纳闷：作为一个堂堂的海军军官的我的父亲和一个几乎可以算得上是大家闺秀的我的母亲，他们既没人逼着，也没人赶着，怎么就走入了洞房，并且勤勤恳恳地开始了漫长的生八个活七个的生儿育女的夫妻生活呢?

我父亲跟我母亲结婚时已三十多岁了。那时候党和国家还没提倡晚婚晚育,以他那样一个相貌堂堂的男人磨蹭到这种岁数,是十分可疑的。我父亲对此的解释十分高尚和堂皇:"这有什么呀,我那时在海军预科学校补习文化,机会难得,哪还顾得上这些个儿女情长的私事?"

当时我们兄弟姐妹七个很为有这样一位珍惜时间刻苦学习的父亲自豪,以后才知道,原来整个不是那么一回事。

我母亲出生在青岛一个不大不小的资本家家庭。我的外祖父有一家纺织厂、一家洋车行、一家洗染店、一家药店和若干家小饭店。中华人民共和国成立前夕,这个"狼心狗肺"的资本家席卷了全部金银细软,把其他财产能卖的全卖了,带着他的小老婆和小老婆生的一双儿女,逃去了台湾。

外祖母一火一急,痰火攻心,半年不到就一命归了西,丢下三个虽已到了法定继承年龄但什么也没继承到的儿女。也是因祸得福,中华人民共和国一成立,政府踌躇了半天,好不容易给他们兄妹三个高职低配地定了个城市小业主。真是谢天谢地,小业主在中华人民共和国跟资本家比起来,简直不是一个重量级。

母亲那时在外祖父被公私合营了的药店当会计。

一天,市卫生局一个穿着双排扣列宁装的姓寇的女同志来到店里检查工作。她一见到梳着两条长辫子长得端庄秀丽的母亲,眼睛就像钉子一样砸进母亲的身上了。她拉起母亲的手,柔着声音问了许多很女性化的问题,像多大啦、有对象了吗、家里都有什么人,等等。母亲很不适应这种亲密无间的同志似的谈话,几次想把纤纤玉手抽出来,但寇同志那双温暖的、略带点粗糙的手却固执地攥着母亲的手不放。母亲试了几次，试出了寇同志的固执，也就作罢，由她攥着去了。

过了几天，寇同志又来了。这次她直扑母亲而来，像搞地下工作似的把母亲叫到店堂门外，沐浴着温暖的阳光，站在药店的牌匾下，把我的父亲向我母亲和盘托出。

母亲回家把寇同志提亲的事告诉了她的哥哥和姐姐也就是我的舅舅和姨妈。那时舅舅和姨妈的处境是这样的：舅舅已婚，娶的舅妈是外祖母老家的一个远房外甥女，不幸的是舅妈娘家是个恶霸地主，舅妈的爹——舅舅的老丈人——已被政府镇压，舅舅逃了个资本家父亲却凭空沾上了个恶霸岳父，想想都堵心。姨妈虽未结婚但已订婚，男方他爹是外祖父过去的生意伙伴，在阶级成分上也是个高门槛，姨妈嫁过去日子恐怕也不会好过了。

听说海军军官、我的父亲主动送上门来，舅舅和姨妈哪有不喜出望外的道理？他们一致认为找个革命同志来家冲冲喜壮壮胆，这可是天上掉下馅饼的喜事。

父亲和母亲初次见面就出了个小岔子，问题自然出在我的不常出门的父亲身上。那天，我母亲在寇同志的陪同下，按约好的时间立在公园门口足足等了将近半个小时，父亲才慌慌张张满头大汗地跑来。寇同志一问，才知父亲是坐公共汽车坐过了站。

母亲一听就不乐意了。心想：这不是笨蛋一个吗？在这个城市里，除了乡下人恋着公共汽车，谁还会过站不下车？

其实，我父亲可真不是那种让女方一见就凉半截的男人。童年在鲁西北农村老家里虽然经常吃了上顿没下顿，但即便这样，也没把父亲的身材给耽误了。父亲立在那儿，一米七八的个头，50年代时兴的中分头被水抹得服服帖帖的，上衣口袋里插着一支英雄牌钢笔，表明他对文化的渴望和不陌生。我那时的父亲，虽然进城仅两三年的工夫，但混在城市小伙子中，简直可以以假乱真。

穿双排扣列宁装的寇同志，一脸胜利在望的欢欣和喜悦，她把五官一个劲地朝中间地带集结，拍着双手说："好了，好了，什么时候吃你们的喜糖啊？"

父亲脸上在过春节，他厚道地只顾一个劲儿地嘿嘿直乐，像翻身做了主人的农民分到了一块上好的土地，舒展着眉头只等着在上边精耕细作了。

母亲却不乐意。她除了反感父亲坐公共汽车坐过了头的呆板不机灵外，还明察秋毫地发现了父亲手指甲缝里藏着许多污垢。她回到家对她的姐姐诽谤我的父亲说："看那乡巴佬样儿，还插着杆钢笔。听他说话我敢肯定他认的字不上一百个，那英雄牌钢笔插在他口袋里简直糟蹋了！"

在后来的日子里，父亲对母亲的冷淡并不是视而不见，可他对母亲又实在是欲罢不能。"文革"期间，父亲对那句"亲不亲阶级分"的话总是不服气,因为他有资格亦有权利不服气。你想,这句话用在他身上有半点灵验吗?

父亲硬着头皮频频进出我母亲那成分复杂的家庭,有几次父亲都要泄气打退堂鼓了,是舅舅和姨妈给了父亲力量和勇气。在后来的追求中,父亲竟带上了一股负气的成分,开始的那份爱恋反倒不那么明显和重要了。

是那股不蒸馒头争口气的农民式的争强好胜心主宰着父亲。父亲想的是:老子打仗时多少难打的据点都拿下了,还怕你这个梳着两条长辫子的资产阶级的臭小姐不成?

母亲在这场战争中完全是孤军奋战,她最终还是寡不敌众向我父亲举起了纤纤玉手。

一九五一年元旦,母亲乖乖地跟着梳着中分头、军上衣口袋里插着英雄牌钢笔的父亲入了洞房。

一九五一年国庆节前三天,我母亲首战告捷,生下我大哥,取名叫国庆,从此拉开了大生产的序幕。

D

我对我父亲有感观印象的时候,父亲已不再留中分的发式了。我对父亲留着分头的印象来自家里那本褐色的泛着尿床孩子褥子上那种痕迹的影集。影集里那一时期的父亲,留着分头,高昂着清秀的国字脸,他那副意气风发的样子给我留下了深刻的印象。当时我就怀疑:这是我的父亲吗?这不是电影《南征北战》中的高营长吗?但再一看或坐或站在一旁的我的母亲,我又不得不信了。因为我的母亲是无论如何也不会跟高营长合这么多影的。

我的怀疑不是没有道理的,我当时认识的父亲跟影集里的父亲走样走得邪乎：他一丝不苟的小分头已荡然无存，一种底下推上去、顶上向后梳的那个层次的干部们比较常见的发型，使他看起来同别人家的爸爸没什么两样儿。脸不再清癯，那种国字型的脸一旦发起福来，一下子就天庭饱满，地阁方圆，跟他首长的身份很配套，再加上他的背着手慢腾腾走路的习惯，真有那种闲庭信步的派头。

我对我母亲的印象比较复杂，不太好说。我记事时母亲已是四十多岁的人了，但四十多岁的母亲脸上保养得几乎看不出岁月的痕迹。她的肤色很白，皮肤很细，这两样给她的年龄大大地打了折扣。我上初中时，有一篇课文里提到了"徐娘半老风韵犹存"这样一个当时我还不知是褒是贬的词句。老师在讲台上起劲地解释"徐娘"和"风韵"的时候，我脑袋里一下子就有了母亲那张白皙细腻的脸。我相信全班四十多个学生，我是最先明白并深刻领会这个成语所表述的四十多岁女人的模样的。为了这个风韵犹存的"徐娘"，我心里别扭了好些日子。

那时我的父亲是个相当于一级的首长，在我们住的家属大院里，他和王海洋的父亲同是最高长官。我那时觉得王海洋他爸爸司令的称呼比我父亲政委的称呼要有气派有尊严得多，我觉得司令可以叉着腰到处骂人，我父亲这个政委却不行。政委要随时随地在脸上给大家以温暖，让大家可以随便靠近他。我觉得这不太带劲。

我家住在营房的最后边，也可以说是最上边。那座有着红色瓦顶的独门独院的房子建在一个半山坡上，左边是王海洋家的一模一样的院子和房子。这两个深宅大院简直有些目空一切，它们威严地俯视着用石头围墙圈起来的部队大院，好像司令和政委连部属们吃饭睡觉这样的生活琐事也要瞭望一样。我时常爬到我家的院墙上，向下瞭望着袅绕炊烟和比例缩小了的行人，马上有一种一切都不在话下的感觉在我的肢体内像菌类一样悄悄地蔓延。

我家的院子大得足够我们七个骨肉同胞在里头捉迷藏胡闹的，那种像小刀划在玻璃上一样尖锐的吵闹声很容易让人误解成这里是一所小学校或托儿所什么的。这种欣欣向荣人丁兴旺的景象对我家左边的邻居无疑是一种恶性刺激。王海洋他妈妈常年有病，一年有半年待在医院里，在家这半年也是皱着个眉头紫着张嘴唇大喘气的时候居多。独子王海洋的孤单和寂寞是可想而知的。好在他进出我家大门极为方便，有时甚至连门也不用进，索性翻墙而入。反正我家一只羊是放一群羊也是放，多他一个不扎眼少他一个也不觉得，他也像我家的老几一样长在我们家，后来竟真成了我们家的一员，入赘进门当了倒插门女婿成了喊我老七的丈夫，不过这已是他妈病逝他爸又娶了新人以后的事情。

我父亲的工作很忙,他对我来说有时只是一个来去匆匆的背影。我母亲同王海洋他妈一样深居简出,但我母亲的面部白皙气色极好,只是她那双漂亮的眼睛却不似王海洋的病妈那样,总是深情地爱抚在王海洋猴子一样干瘦的脸上。我母亲从不这样,她那双大而炯炯有神的美目总是穿越过我们兄弟姐妹七人的头顶,落在一个虚无缥缈的地方,好像那里有她另一群子女和另一个家。

母亲总是一副很烦我们的样子,对我们七个小活物没完没了接连不断的要求和纠纷始终缺少一份做母亲应该有的耐心。她大部分时候是皱着眉头听我们说话,听不到一半她就会挥着手不耐烦地把我们从她身边轰走。她的这种继母似的态度跟我们的父亲简直没办法相比,因此,我们兄弟姐妹在情感上比较亲近我们胖胖的长得没什么特点的当政委的父亲。

父亲虽然总是来去匆匆,但如果他在家,他总是能尽量地同我们打成一片。他纠正哥哥们做的弹弓，说："笨蛋，这能打鸟吗？这连鸭子都打不着的"。接着他便找来工具，撅着肥胖的屁股蹲在地上敲敲打打。哥哥们拿着经父亲改进过的轻便顺手而且射程提高了不少的弹弓，打鸟打鸡打鸭子，偶尔也捎带着打人家的玻璃。玻璃的主人呼啸着冲出来，冲着哥哥们兔子般逃窜的背影，气得破口大骂："×你妈！"

玻璃主人们骂的不是对弹弓进行了改造和对其后果负有一定责任的我父亲，而是对弹弓同样深恶痛绝并把玩弹弓视为乡下野孩子的我的无辜的母亲。

父亲对我们姐妹的态度跟对我的哥哥们有着深刻的不同。这种不同像一个老农在他的土地上种上玉米、小麦这些赖以生存的主粮后，又在田头地边上捎带着栽上点豆角、黄瓜之类的副食一样。主食是活命的必需，副食则是在有了主食以后对生活的奢侈。我的父亲虽然远离了农村，远离了田间地头，虽然明白了许多科学的先进的唯物的类似"时代不同了,男女都一样"这样一些符合历史潮流的道理,但在父亲脑子里那块由父亲的父亲和父亲的父亲的父亲耕耘过的土地上,却顽强地根深蒂固地生长着由他的祖祖辈辈们栽种下的几蓬杂草。因此这怨不得父亲,可以说他基本上算是属于无辜的。

无辜的父亲虽然受了父亲的父亲乃至父亲的父亲的父亲的愚弄,但这并不影响他对我们姐妹深厚的爱。其实我们只要能体会到这种爱的深厚就行了,对他主食和副食的潜意识用不着去深究。实话说,我们姐妹真的很爱很爱我们的父亲。

父亲经常背着母亲给我的已经知道臭美了的姐姐们一些毛票小钱,让她们买回些粗的细的空心的实心的塑料头绳花花绿绿地绑在头上。对我这个乳臭未干屁事不懂的老闺女,父亲最乐意做的是抱我在他的怀中,用那些短粗的胡楂扎我,听凭我在他怀里扭曲怪叫,这时候父亲就哈哈大笑。多少年过去了,父亲那种哈哈的笑声会经常无缘无故地出现在我的耳边。那种慈爱是我在我母亲身上永远无法体验和得到的。

E

母亲跟父亲在青岛这座景色秀丽的海滨城市结婚时,对"铁打的营盘流水的兵"这句古话还没有实际性的认识。虽然她万分委屈地嫁给了我父亲,但对婚后丰厚的物质生活和安逸的日子基本上是满意的。虽然中华人民共和国废弃了"军官太太"这个词汇,但她的姐姐——我的姨妈私下里经常用这个过时的词戏称她,我母亲也就半推半就地受用着。母亲做梦也没想到,她嫁的在第一次授衔时被授予海军上校的丈夫广义上讲其实也是个兵。因此，在父亲接到去一个边防要塞任职的命令时，她竟气愤地骂我父亲是"骗子"，说我父亲是个"彻头彻尾的十足的大骗子"！她那泪流满面的样子，真像是一个被人贩子拐卖的良家妇女。

父亲提着一个柳条箱独自到要塞赴任去了，据说母亲竟连出门送他一送都不肯。母亲拖着我的大哥国庆抱着我的大姐亚洁肚子里揣着我的二姐亚萌，固执地留守在青岛海军基地一套日式营房里。但母亲那种誓与青岛共存亡的架势不到半年就没了气势，虽然母亲身边有个五十多岁的寡妇帮佣，但她渐渐地竟有了身心交瘁、力不从心的感觉。舅舅和姨妈趁这个时候帮助我的父亲攻进了青岛那座日式老宅，母亲又一次向父亲举起了依然纤细的双手，拖儿带女踏上了千里寻夫的路程。

父亲任职的要塞，是一些散落在一道狭长海岸线上的大大小小的岛屿。母亲一踏上其中最大的一个作为要塞区最高首脑机关的岛屿，就被这里的荒凉、闭塞和单调气得够呛。但这个时候回头已是不可能的事了，母亲和她的一双儿女已被青岛市注销了城市户口，手里的盖着大红章子的随军迁移证告诉母亲：热爱海岛、保卫海岛、建设海岛、繁荣海岛是她唯一的出路。当时，这样的豪情满怀的口号被守岛的军民用海边的鹅卵石铺排得到处都是。母亲看着这个架势，知道一切挣扎和努力都是徒劳的，母亲轻轻叹了口气，竟认命了。

后来母亲才知道，她的青岛籍贯在这个偏僻的海岛上根本用不着大惊小怪。要塞区有一个文工团，那里堆积着许许多多北京、上海、南京、苏州、杭州的女文工团员，甚至还有一个马来西亚华侨的女儿。母亲引人注目的原因不在于她的青岛籍贯，也不在于她残存的秀丽。母亲令人频频行注目礼的原因在于她当主任的丈夫——我的父亲。父亲那时的面容虽然还清癯，但他作为政治部的一号首长，掌管着岛上大大小小军官们的政治生命和仕途，人们在注目着父亲的同时把余光扫射到我的母亲身上，这是再自然不过的事了。

这种注目礼支撑着母亲的精神。我猜想，母亲那段艰难的适应时期大概就是挂着这一束束的目光走过来的。夜深人静的时候，母亲借着月光看着躺在自己身边的这个打着坦率的呼噜的男人，在心里安慰自己：我还图什么呢？人生的最高境界不就是精神上的快慰吗？

母亲开始了无可奈何的热爱海岛的生涯。保卫海岛的事不用她这个无缚鸡之力的妇人操心，建设和繁荣海岛是她能够做到的。但岛上没有工厂没有企业，她从青岛那家老字号药店开出的关于工龄、工资诸多条条的工作调函几乎成了一张废纸。母亲那时因为肚子的不方便竟还暗自窃喜这种没有工作可做的轻松和自在，等她回过味来觉得万万丢不得这份国家正式工作时，那张调函就真的只能用来擦屁股了。母亲成了真正的地地道道的无事可干的随军家属，她跟那些从农村随军来的家属从形式到内容完完全全地统一了。

我和我上边的几个哥哥姐姐，就是打劫着母亲这种破罐子破摔的潦倒心境乘虚而入欢天喜地地挤进了这个热热闹闹的世界。

以我现在这种为人妇为人母的角色去体会当年的母亲，我给予母亲以相当的理解。试想，在那样一个时代，在那样一种环境，我母亲除了生孩子还能干点什么呢？你总得给她点成就感吧。

父亲又一次在心中暗自窃喜。父亲把母亲的又一次失败看成是他又攻占了一个敌人据点。

父亲自从娶了我的城市资产阶级家庭出身的母

亲，除了享受着母亲的年轻貌美外，还收获了一群数量不菲性别齐全的儿女。再就是，父亲又兼容并蓄了一些很烦琐零碎的东西，这些烦琐零碎的东西几近鸡零狗碎，令父亲这种有身份的男人不太好启齿。像饭前便后洗手，像饭后用温开水漱口用湿毛巾揩嘴，像睡前要洗脸洗脚洗屁股等等。有一次父亲在跟他的老乡喝酒时喝得过了点，借着酒劲竟说了句哲学气息相当浓厚相当耐人寻味的话。

父亲说，农村包围城市能解放全中国，城市包围农村能过上新生活！

F

我记事的时候，人们已不再管我的父亲叫主任而改称政委了。我想，人们对政委家属的注目应该比对主任家属的注目更聚精会神一些,我母亲的精神享受也会更完全一些。但我此时的母亲,对别人的目光似乎已进入了一种疲软状态,她对人们的注视开始若无其事无动于衷了。

母亲这时的角色意识已达到了炉火纯青的地步,她的政委夫人的角色比我父亲的政委的角色扮得更逼真更出色,虽然这有点喧宾夺主的味道。但母亲不管这些,她像一个自我意识太强烈的演员在舞台上没有一点整体观念一样,把台下观众的注意力都引到了自己身上,全然不顾她仅仅是个配角,更不顾主角会对此有什么想法和看法。

父亲对母亲似乎有点力不从心了。他对这个给他生育了七个儿女的女人基本上是没什么话好说。三个儿子,四个女儿,这对父亲来说已是相当满足了,父亲觉得除此之外再去跟个娘儿们家计较什么未免有失男人的风度。因此,父亲对母亲基本上采取睁一只眼闭一只眼的放任自流的态度。

父亲的仕途之路可能在开始的时候用力过猛了一些，伤了点元气。五十岁之前大踏步地向前，向前，向前，想不向前都不行；而五十岁之后，父亲似乎是累了，显出了老态，喘着气开始了原地踏步。

父亲对此看得极开，他是打内心里看得开，而不是嘴上说说内心深处又是另外一个样子那种。父亲以一个质朴农民的善良的心态看待这件事。他认为，他自己能由一个苦大仇深的农村穷小子走到今天这一步，已经不错了，相当不错了。再向党伸手要这要那，别说党性了，就是人性也说不过去。

母亲却不，她对父亲的停步不前表现出的焦躁、不安和不冷静使她显得有些失态。好在她这个时期的岁数帮了她一个大忙，替她掩饰了一下：更年期。这是这个年龄层的女人们最理直气壮为自己解脱的一个借口。

她时常以一种漫不经心的口吻开导父亲，告诉他谁谁谁找谁了，谁谁谁跟谁谁谁是一担挑的连襟，言外之意连我这个黄毛丫头都听得出来。这个时候的父亲会非常厌烦地说母亲，去去去，我工作上的事你不要过问也不要插手，这个毛病不好。

母亲望着父亲的背影，把饭桌上的碗筷收拾得哗哗乱响，眼睛里有一种恨铁不成钢的痛心。

母亲开始不动声色地为父亲的升迁推波助澜。人家是夫唱妇随，母亲是父亲不唱自己也要唱了。

要知道母亲真有这个本事和这种能力，想想我母亲的家庭出身，我们就应该对她充满信心。

母亲一个经常大门不出二门不迈的深居简出的随军家属，竟比我的当政治委员的父亲还了解要塞的干部，她甚至知道谁反对我父亲，为什么反对，反对到什么程度。

母亲的手脚真的干净利索，没看见她上蹿下跳，便该巩固的巩固了，该加强的加强了，该修补的修补了，该孤立的孤立了。而这一切都是在我父亲眼皮子底下搞的小动作，我父亲竟然一点动静也没听见。就凭这一点，你对我的母亲不服是不行的。

母亲对上边来的人格外留了个心眼，她像个不出门的秀才，对要塞区的迎来送往清楚得就像她就是招待科科长。她神得像个有里应和外合的奸细，什么也逃不出她的那双依然好看的眼睛。

记得那年军区有一个管干部的副政委进岛考核班子，正赶上七级大风，海上的大浪把副政委的五脏六腑都要搅出来了。好不容易到了岛上，副政委一看小招待所那一桌子的花花绿绿就觉得胃里又在折腾，只动了三筷子赶快回去躺下了。睡了一个多小时，副政委被咕咕叫的肚子吵醒了。副政委爬起来原地打了几个转，也没找到可以充饥的东西，正恼着火，只见门轻轻地被推开了，一个扎着条羊角辫穿得干干净净长得眉清目秀的小丫头没敲门就闯进来了。

小丫头进门喊了声伯伯,把手里提的淡黄色的双层饭盒举着送了上去。副政委接过来打开一看,眼睛立刻就亮了起来:下边是一盒温温的、稠稠的、黄黄的、烂烂的小米稀饭,上边是切得细细的、拌得香香的、腌得脆脆的萝卜咸菜丝。

大区副政委探下花白的头颅,和蔼地问小丫头:"你叫什么名字呀?"小丫头奶着声天真无邪地答了。大区副政委又问:"你是谁家的孩子呀?"小丫头又奶着声天真无邪地答了。大区副政委抬起头来抚着小丫头柔柔软软的黄头发,像抚着自家的小孙女。

我母亲要的正是这种效果。小米加步枪能夺取中华人民共和国,小米加萝卜丝难道什么也得不到吗?

我母亲不信。

G

我的父亲一直是朴实的,即便他的官做到了一定程度,这种质朴也没有多少褪色。这种质朴浑然天成,是农民出身的父亲最可贵也最可爱的一种品质。这种天然的朴实加上城市资产阶级家庭出身的母亲的反衬,我们的父亲在我们七个兄弟姐妹的眼里不仅可亲可敬,而且平易近人。

母亲对父亲的朴实总是嗤之以鼻,有时甚至无法忍受父亲这种朴实。我就经常见到母亲在面对父亲那种自然流淌的朴实时脸上所溢于言表的那份神情,那神情同一个急着赶路的城市人被一个乡下人拦住问路时的德行一模一样。

那个时候,在我们家的小气候里,情形与社会大气候恰恰相反,资产阶级猖狂得不成体统。资产阶级家庭出身的母亲在对农民出身的父亲进行着诸如饭前便后洗手、饭后漱口揩嘴、睡前洗脸洗脚洗屁股等等后天行为的改造的同时，还得寸进尺地要对父亲一些先天的习惯进行彻底的清除。

父亲吃饭时总是要闹出一些动静的。手上的，碗上的，屁股下的。这些母亲还能够忍受，让母亲不能忍受和深恶痛绝的，是来自父亲的嘴巴上的。母亲一听到父亲雄壮有力的吧嗒吧嗒的声音，就会呈现出一种梅尼埃病的症状。

母亲对父亲这张在吃饭时吧嗒有声的嘴生了几十年的气，同时也同这张嘴进行过不懈的斗争。父亲可以改掉饭前便后不洗手、饭后不漱口不揩嘴、睡前不洗脸不洗脚不洗屁股的毛病，但对这吃饭随意的权利决意誓死捍卫。后来我想，这大概是父亲被母亲管出了逆反心理。

母亲管不住父亲的嘴，就把气撒在我们七张无辜的嘴上。"不许出声！"母亲用筷子敲着大理石面的饭桌，脸吊得像个修道院的嬷嬷。有时真不知父亲是故意的还是无意的，反正每当这种时候，他的咀嚼肌总是异常有力，双唇发出的声音震天动地，哪怕他吃的是一块又白又嫩的豆腐。我们的七双小眼睛就盯住母亲看。母亲又总是不说话，只用白眼珠子瞪着父亲，那里边盛满了鄙夷。

那时，我真羡慕父亲那张自由自在的嘴。那时我就想，等我长大挣钱了，离开这个家，我第一件要做的事就是放开大嘴轰轰烈烈自由自在痛痛快快地吃一顿饭。

难以想象的是，在这两个阶级的潜移默化的引导下，我竟会出现这种结果：感情向着农民出身的朴素实在的父亲漂移，行为规范却向着资产阶级出身的母亲靠拢。

我刚当兵那阵，新兵们在操场上累了一天，到吃晚饭时八个人围在一张桌子边狼吞虎咽。那天凑巧指导员坐在我们的饭桌边，她听着吧嗒成一片的声音，生气地放下饭碗，批评大家说："女孩子吃饭这么不文明，你们看人家！"指导员的筷子点的是我。新战友们的眼睛齐刷刷地集合在我的嘴上，要学习我吃饭的优雅。我一口馒头卡在嗓子眼里，咽不下，吐不出。当时我恨透了这个让我难堪的指导员。后来我听人说，指导员的家庭出身很不过硬，她爸爸不是个教授就是个研究员，反正是那个时候不怎么吃香的成分。我就在心里嘀咕：怎么回事？越是这些出身不好的，臭毛病越多。

母亲的臭毛病把我们兄弟姐妹折磨得死去活来。她不但控制着我们吃饭时上下嘴唇的动静，还把许多本来相当愉快的事搞得大家无所适从怎么也提不起情绪来。

有客人送来一包地瓜干，我们对这种又甜又筋道的东西馋得简直垂涎欲滴。好容易把客人盼走了，我们刚要一窝蜂样地扑上去，那包地瓜干就被母亲保养得又白又净又纤细的手给盖住了。

"不许吃!"母亲喝道,口气一点商量的余地也没有。母亲当然知道我们是不会甘心的,接着就循循善诱,"地瓜煮的时候洗了没有?煮地瓜的锅干净吗?切地瓜的手打肥皂好好洗过了吗?晒地瓜干的时候苍蝇爬上去了没有……"我们在母亲生动形象的怀疑中彻底泯灭了对那筋道可口的小东西的向往。

"咱们摊上这么个妈真倒霉!你们说是吧?"我们的大哥国庆这样对我们议论我们的母亲。我们就异口同声地说:"对,对,对,真是够倒霉的了!"

H

我母亲嫁给我父亲几十年,竟一次没回过我父亲的老家,虽然我父亲的爹娘——她的公婆已于他们结婚之前双双殉去。但我父亲还有一个大哥活着，还有甲乙丙丁戊己庚辛若干个侄子侄女侄孙子侄孙女，更不要说那些横七竖八枝枝杈杈的七大姑八大姨了。本来母亲做做样子也该回去一下，给父亲个面子，可母亲却说死也不回去。母亲理直气壮地对我父亲说，我倒不是怕回你们乡下去吃苦，嫁给你到这么个破地方来我什么苦没吃过？我主要是怕虱子，一提起虱子我就浑身起鸡皮疙瘩。母亲说到虱子时脸上那种表情，倒勾起了我对虱子的无限向往，我真还想看看虱子到底长得什么样。

我父亲的大哥我们的大伯死于一年的夏季，死因不详且死得突然。我父亲带着我的大哥回老家去给他的大哥奔丧。十多天后，父亲带着大哥回来了，我记得那是一个天边有着晚霞的非常美丽的傍晚。

父亲和大哥是突然站在我们面前的，就像神话里的天兵天将。我们惊喜地围上去。父亲和大哥见到我们，也像是见到了久别的亲人，脸上的笑容令我们感动。

母亲听到声音，从屋里出来，一只肩膀斜靠在门框上，双手抱在胸前。"回来了？"她不冷不热地问了一句，像地主婆见了出工回来的长短工。

父亲不计较母亲的态度，这么多年了他已经见怪不怪。父亲放下手里的提包，边往屋里走边说："快弄点吃的，饿坏了，也累坏了。"

母亲伸出一只手扶住另一边门框，说："等等，在外边冲个澡换了衣服再进来。"

父亲立在那儿，不明白母亲的意思，问："换什么衣服？我这肚子饿着呢！"

母亲并不放下手，皱着眉头说："让你洗你就洗，让你换你就换，啰唆什么。"

父亲的脸吊下来，说："哎，我说，你这人怎么这么多毛病，这么别扭！"

局面开始紧张，我们的注意力从父亲手中鼓鼓囊囊的提包集中到了僵持着的父亲和母亲的那两张脸上。

就在这紧要关头，公务员小姜不知从哪儿钻出来，他提了两瓶开水端了一只脸盆。小姜把手上的东西放在父亲脚下，边往盆里倒水边劝父亲，洗洗吧首长，水都是现成的。

父亲的火也像是天兵和天将一样，突然从天而降。他飞起一脚，踢翻了脚下的暖瓶——那暖瓶的爆炸声就像我军发起的总攻的炮声——接着父亲开始横冲直撞，他边闯边朝母亲大吼一声："你他妈给我让开！老子偏不吃你这一套！"

母亲被父亲的总攻吓了一跳，手没放下，倚着门的膀子却离开了门框，留下了一条窄窄的缝。

父亲的胖身子就是从这条窄缝里挤进去的。

战斗似乎就这样结束了，父亲和母亲打了个平手。

太不过瘾了。我们站在一旁观望的孩子们普遍有这种遗憾，连公务员小姜的脸上也好像有这层意思。我们一致认为母亲太嚣张了，没有她不管的，现在是该有人管管她了。可父亲只踢翻了一个暖瓶，只大吼了一声，我们觉得父亲距离我们的希望还差得远着哩。

第二天吃早饭的时候，我们高贵的母亲因穿着短袖上衣而裸露出来的胳膊上，就像皓月当空繁星满天一样，布满了大大小小、密密麻麻的红疙瘩。

我大姐惊叫："哎呀妈，你胳膊怎么了？"

虱子咬的，母亲简练地回答。

我们一家人顿时面面相觑，嘴里塞着满口的饭。

父亲急速地把口里的东西咽下去，把脑袋探出饭桌，用手扒拉扒拉头发，奇怪地说，"咦，咦，日他娘的，怎么光咬你不咬我？"

"它们跟你是青梅竹马的朋友，怎么会咬你？"母亲故意拖着长腔，阴阳怪气的。

父亲脸上有些许歉意，他虽然不再吭声了，但那神情，比吭声都难受。

成年以后，我添了一个毛病，到别人家吃饭一看人家厨房卫生不理想，肚子马上就疼，过一会儿准拉稀。跑到医院一看，医生说我是神经性腹泻。我一听这个词儿，猛地想起那年夏天我母亲胳膊上那些密密麻麻的红色斑点；同时我还想那些密密麻麻的红色斑点肯定不是什么玩意儿咬的，而是母亲身上自生自长的。你想，既然有神经性腹泻，为什么就没有神经性皮炎呢？这样一联系，我简直把我母亲佩服死了：母亲身上十八般武艺俱全，要什么来什么，真是神了！

我的父亲在他的家乡方圆几十里算是混得有头有脸的了，乡里乡亲的都羡慕父亲的亲戚们有这样一个当大官的靠山。未承想恭维话听多了，把父亲的亲戚们搅得心里挺窝火：有这么个大官亲戚什么光没沾上不说，还担了个虚名，太不划算了。他们把这样一层理儿一想通，就群情激奋，就摩拳擦掌……凑巧有一个侄子像第一次农民起义的首领陈胜或吴广一样，及时地振臂一呼："走哇！到三叔家吃大盘子去呀！"于是父亲的亲戚们，就像当今社会上止不住的民工潮一样，开始浩浩荡荡地势不可当地向我家挺进。

母亲对这样一群蝗虫般的夫家的亲戚，厌恶的心情自然可想而知。但她从不多说什么，因为她觉得她这个没有工资同样吃着父亲闲饭的人在这种时候说话是不明智之举。只是她不怎么跟他们说话，也说不到一起去，整天淡着一张脸。但父亲这些厚道的亲戚却对我母亲这张淡脸总是视而不见，或者见到了也不往心里去。他们或许还在心里说，这是俺三叔家，你个娘儿们家算个屁！

母亲在父亲的家乡的口碑极差，他们一般能不提我母亲尽量不提，实在要提起她，通常就用"三叔那个操蛋娘儿们"代替。这真是一群爱憎分明的人，你给他们几分颜色，他们找个机会是一定要还回去的。

每次这些穷亲戚上门，最难受的要数我的父亲了。父亲实在想善待他的亲戚们，让他们也跟他享几天福，但我父亲的工作又实在是太忙了，抽不出太多的时间陪他们，只有把他们交给我的母亲和公务员。公务员帮不了我父亲多少忙，能帮他忙的父亲又说了不算，因此父亲的难受也是可想而知的。

有一次因为来人太多，把我从我的房间挤进了父母的房间。很晚了，父亲以为我睡觉了，就不把我当回事地同母亲谈开了。其实我没睡着，父亲和母亲的对话我听得一字不漏。

父亲说："你就不能笑笑，脸上好看一点？"

母亲说："不能。"

父亲说："为什么不能？"

母亲说："笑不出来。"

父亲说："怎么就笑不出来呢？"

"噢,你问我,我还没问你呢!"母亲好像火了,声音一下子高了许多。母亲说,"看着这黑压压的一片,你能笑得出来吗?"

父亲沉默了。他没法不沉默。

我父亲虽然保持了一些农民的质朴的淳厚,但他毕竟离开老家的年头太久了,再加上他身边有这样一位妻子,所以父亲的变化是跑不掉的。

父亲的亲戚们却还把父亲当成几十年前的那个愣头愣脑的庄稼汉,他们并不知道他们的饭前便后不洗手,他们的饭后不擦嘴不用温水漱口,他们的上床睡觉前不洗脚不洗脸,他们手指甲缝里的污垢,他们随地吐痰然后又踏上一只脚把那口痰拉长的做派,他们满口的脏话,甚至他们吃饭时上下嘴唇的吧嗒声,都已让父亲觉得陌生,觉得不可思议,觉得难以接受,以至有一种恍如隔世的感觉。

他们吃饭的架势跟我的父亲很相似:那托着碗底

的左手，那横腰掐住筷子的右手，跟我父亲简直是一个模子倒出来的。只不过他们比我父亲吃得凶猛，还比我父亲多了一种迫不及待。那频频出击的筷子，那把盘盘碗碗翻个底朝天的劲头，让同在一个饭桌上的我们很难适应和接受。我们把目光一齐压向父亲，父亲的头在这一束束的目光下一寸寸矮了下去。父亲把脸探进碗里，像鸵鸟把头埋进沙漠里。父亲放松了咬肌，细嚼慢咽，嘴里的吧嗒声忽然听不见了。

就这么不可思议！父亲的乡下亲戚把我母亲改造了十几年也没有改造成功的父亲从乡下带来的毛病给改掉了。那时我的大姐已上了初中，初中生的大姐已经能很准确地使用那些从课本上学来的文绉绉的成语典故了。大姐说，这叫"解铃还须系铃人"，父亲在乡下害下的病，就得让这些乡下的赤脚医生来治。

到后来，父亲实在草鸡了这些乡下的骨肉同胞。父亲给老家的一个当民办教师的侄子写了封信，不知这位堂兄是怎样力挽狂澜的,反正以后的日子安生清静多了。

J

其实,要让我这个旁观者公平地说一下,我认为,我父亲的老家,也就是我的那些堂哥堂姐,这些一年四季挂着一身粗布衣裤的农村亲戚,即便是排着队来,排着队走,扛走大包,拖走小箱,他们从我当政委的父亲那儿得到的,还没有我母亲的娘家,也就是我在青岛的舅舅和姨妈,这两个城市亲戚一家得到的多。

我发现,城市人和农村人最大的差别,不在于口音,也不在于穿戴,而在于为人处世的方式和方法。农村人大喊大叫,城市人不动声色;农村人为一个针头一条线脑能计较出脸红脖子粗的效果来，城市人却决不为一国一垣的得失而轻举妄动。世上的便宜总是属于那些能沉得住气的人。

城市人能沉得住气，农村人就不行。

我的乡下的堂哥堂姐们，他们对我们家的向往是一年四季裸露着的。他们高喊着："走哇，到三叔家吃大盘子去呀！"没头苍蝇一般，嗡嗡地来，嗡嗡地走。他们没有明确的目标，也没有远一点的打算，他们给什么吃什么，给什么要什么，不挑剔也不嫌弃。他们最出格的事也就是顺手牵羊地塞上一条毛巾、围巾或枕巾，掖走一块肥皂、香皂或一盒带过滤嘴的好烟。他们基本上沿袭了北方农村收枣的方法，站在枣树下，抻着脖子举着头，抡圆了杆子一阵乱打，能打多少算多少，打下多少是多少。有枣没枣反正都要打几杆子。我的初中生的大姐刻薄地说，要不怎么管他们叫农村老杆呢。老杆，老杆，打枣的老杆子！

当年，我的舅舅和姨妈联手将他们的妹妹我的母亲推进我的父亲的怀抱的时候，除了他们认为我父亲有能力让他们的妹妹过上丰衣足食的好日子让他们的妹妹幸福外，恐怕对他们的自身利益也不是没有考虑的。但他们突出了前者，隐匿了后者，他们做得不留任何痕迹。

他们从不像父亲那些乡下亲戚那样，轻装而来，沉重而去。他们从青岛来到我们住的岛子上，总是大包小包地带，临走反而让我的母亲觉得没什么给他们可带的。岛上唯一拿得出手的海产品对青岛这个海滨城市来说，似乎也不是太了不起的东西。我们到码头上去送他们，对他们带来的和即将带走的行李的反差感到吃惊。在他们面前，我们倒像我父亲的那些乡下亲戚了，这让我们有难为情的感觉。

但有一点却被我们长久地忽视了，也就是说忘记了把一件更重要的行李算上。后来我们才恍然醒悟，原来我们是用不着那么难为情的。

在历次政治运动中，出身不好的舅舅和姨妈，在填各种政审表格时，除了要老老实实填上外逃台湾的外祖父外，在社会关系一栏里，他们就毫不客气当仁不让地填上我的父亲。他们先是郑重地写上我父亲比较乡气的名字，然后再郑重地写上"中共党员"，然后再郑重地写上"中国人民解放军××××部队政治委员"。

一个政审表上，能有我父亲的胖身体压着就够分量了，我父亲即便不能给予他们什么，但也足够跟我外逃台湾的外祖父分庭抗礼的了。

父亲为他们做的好像还不止这些。舅舅家的两个儿子一个女儿，姨妈家的两个女儿，除了舅舅家的二表哥眼睛近视得跟个盲人似的，其余的表哥表姐们统统被我父亲弄到了部队，都入党、提干、当工农兵大学生去了。这是我父亲的那些个乡下亲戚做梦也不敢想的。

舅舅作为父亲的大舅哥,他完全可以在我父亲面前耍耍大舅子的脾气,但我舅舅却不。他从不跟我父亲开玩笑,也不说任何出格过头的话,他总是以一种平缓的沉稳的略带一点尊重的口吻同我父亲对话。这种尊重,你可以看成是对我父亲的,也可以看成是对亲人解放军的。他跟我父亲客气的彬彬有礼的样子,搞得他自己很像我父亲手下的宣传处长。

我的姨妈真是个好姨妈。她只比我母亲大两岁,却什么都能干,我们兄弟姐妹七个的毛衣毛裤毛背心,棉衣棉裤棉鞋,都出自我们姨妈之手。没有这个姨妈,我们恐怕要成为路上的冻死骨了。有时我就纳闷,姨妈只比我母亲大两岁且比我母亲标致得多,但我母亲凭什么就比姨妈娇贵得多呢?我们姊妹多次讨论过这个问题,很替我们的姨妈打抱不平。我认为还是我二姐的见解对:咱妈纯粹一个自己惯自己!

我们家跟我母亲在青岛的娘家一直保持着良好的相互往来，要是非要挑出点毛病，大概就只有挑我的那个姓欧阳名建的右派姨夫了。

姨夫是清华名牌大学生，学的是工程力学，跟我姨妈结婚时是北京某研究所的助理研究员，一九五七年底他从北京卷着铺盖灰溜溜地回到了原籍青岛，头上还多了顶右派帽子。

我父亲并不在意我姨夫的身份，就像他不太在意我母亲的家庭出身一样。开始我母亲还有顾虑，怕再跟姨妈家来往会影响我父亲。我父亲说："扯淡！党的政策是惩前毖后，治病救人。"

我父亲对我姨夫没有成见，也没有因此而低看了他，而我的右派姨夫却对我堂堂的政委父亲有一种打心眼里瞧不起的劲头。叫我说，他真是一副不识好歹不知好赖的德行！

那年，右派姨夫得了肺结核，住了大半年的医院，结核病灶一得到控制不再传染了，就被医院给轰了出去。住在家里养这种富贵病靠我姨妈那点工资显然是养不起的，我母亲跟父亲一商量，他就进岛来了。

岛上没有任何污染的空气对他有毛病的肺肯定是有好处的，两个月下来，他的螳螂一样的长脸上很快出现了肉丝。这两个多月的时间，他每天扛着根鱼竿到海边礁石上钓鱼去。岛上的人们不知他头上那顶右派帽子，却都知道他是政委的一担挑，因而让他受到了他这一辈子大概都没受到过的尊重和恭敬，他甚至能够进入某些拉着伪装网、有一排排海岸炮的戒严的海边并得到哨兵一个标准的军礼。开始他还胆战心惊，后来他竟习以为常了。

大概，做人的尊严就是在这一段时期被他从地上拾起来的，他又找回了清华大学高才生的感觉。

开始，他是试探着纠正我父亲嘴里的白字；后来，他竟对我父亲的工作也敢提个建议和意见什么的了。

他有一次和我母亲闲聊时说，批文件时写写错别字，作报告时说说大白话，这职位最好当了。

我母亲平时嫌我父亲这嫌我父亲那的，但她在外人面前却知道如何维护丈夫的尊严。她把正喝着的茶杯很重地放在茶几上，拖着长音问我姨夫："是吗？那么共产党的右派好当吗？"

右派姨夫的脸登时就黄了，他穿着厚衣服，若不然，我准能看到他后背流下的冷汗。

那年夏天，姨妈带着两个女儿进岛跟右派姨夫团聚。我的两个表姐长得都很漂亮，是那种明眸皓齿的漂亮。她们还有两个漂亮的名字，一个叫欧阳安诺，一个叫欧阳安然，我小哥马上就对这两个漂亮的名字进行了篡改：安屎，安屁，两个臭烘烘的外号。

那天晚饭后我们无事可干，我们和表兄表妹们爬上我家院子里那棵最老的桃树。那桃树老得只开花不结果了。我们像群居的猴子一样散落在老桃树的枝枝杈杈上，开始了我们的海阔天空。

我一直插不上嘴，这让我很着急也很沮丧。好不容易我瞅着一个他们突然停下嘴沉默的间隙，觉得该自己说点什么了，可又想不起要说什么，似乎所有的话题都让他们摇晃着双腿说得差不多了。我一着急，脱口说了句连我自己都莫名其妙都吓一跳的话。

"你爸最讨厌了！"我对坐在我头顶上一根树枝上的安然也就是安屁说。

安然显然被这没头没脑的话搞糊涂了，她先是眨巴着眼皮看着我，然后又抬起头来看坐在她头顶上一根树枝上的她的姐姐安诺也就是安屎。显然她从她姐姐那里得到了鼓励和默许，她掉过头来朝下对着我大声回击说："你爸才讨厌呢！"

"你爸讨厌！你爸整天弯着个腰像个大虾米！"我说。

"你爸讨厌！你爸挺着个大肚子像个大地主！"安然说。

"你爸讨厌！你爸扛着根鱼竿的样子像个老渔民！"我说。

"你爸讨厌！你爸说话侉里侉气像个乡巴佬！"安然说。

"你爸讨厌！你爸……你爸……"我一时想不起他爸还有什么，就紧急抬起头来朝树的四周求援，我小姐在紧要关头挺身而出了。

"你爸讨厌！你爸一天贼头贼脑往炮群靠像个狗特务！你爸一天洗三遍脸还抹雪花膏像个大姑娘！你爸平时见人直点头像个大刀螂！你爸……"

我小姐一口气"你爸""你爸"地不喘气差点憋过去。

"你爸才讨厌呢！"安然好不容易捕着空，也学我的小姐一口气历数我爸的讨厌。

— 053 —

"你爸没文化！老念错别字，把'臀部'说成'殿部'，把'炎黄子孙'念成'淡黄子孙'！你爸还管我爸叫老欧！你爸还把打桥牌说成是打扑克！"

我们刚才说人家爸说了点啥？看人家安然说的，一下子就把我爸说得一钱不值！我们吊在桃树上的七个，气得一塌糊涂，我小哥开始不讲理了，安屎安屁地乱叫。

还是我大姐行，她爬得最高，眼界也最高，她学着我母亲的腔调，慢条斯理地开了腔。

"你爸才真正的讨厌呢！你们想，世界上还有比右派更讨厌的人吗？！"

母亲在门口叫我们，说再不进家该招蚊子啦。我们从树上蹿下来，尖叫着往家跑，剩下安然安诺姊妹俩吊在桃树上抽动着膀子哭，二姐停下脚似乎有些不忍，大姐拉了她一把，说："活该！谁让她爸是右派！"

J

吃晚饭的时候，父亲突然对母亲说，你不是有一套《红楼梦》吗？母亲眼皮子也不抬地"嗯"了一声。父亲又说，找出来看看。母亲撩起眼皮，问，谁看？父亲挺了挺胸脯，理直气壮地回答："我看！"母亲一下子把两只眼睛睁得大大的，大惊小怪地咋呼："你？你看《红楼梦》？！"

也难怪我母亲这副样子，我父亲向来是不大理睬这些带虚构性质的文学作品的，用他的话说那都是扯淡，是那帮子人吃饱了饭没事干闲撑出来的胡说八道。父亲还说，我最赞成把这帮子这家那家的家伙们打发到农村去，让他们在地里干上一天的活，回来累他个半死，看他们还胡说八道不！

这样的父亲，突然想起《红楼梦》来，母亲的大惊小怪是不足为奇的。只不过母亲不知道，那一段时期，伟大领袖提倡领导干部看《红楼梦》，而且明确告诉他们，不止要看一遍，要看三遍四遍才行。

这样写我父亲，你千万别误会我父亲是个不学无术的人。在我父亲的办公桌上，堆的书可不老少，除了红头文件这材料那通知外，还真有不少大部头的精装书。不要说马恩列斯毛这些伟人的选集是案头必备的书籍了，就连《反杜林论》《哥达纲领批判》这样的一看书名就让人肃然起敬的书，我父亲的桌子上书柜里都有。你别以为我没读过几天书的父亲摆上这些大部头书是充充样子，他是真看，真的认认真真仔仔细细地拜读。那一本本书上用红蓝铅笔画上的长长短短的条条杠杠，就足以说明他的认真程度了。

父亲看书最大的本事是过目不忘。他讲话作报告时，随时随地可以大段大段地援引伟大导师们的原著原话,那些新鲜的原汁原味的具有明显的倒装语式的句子把台下的人听得一愣一愣的。我父亲甚至还负责任地告诉大家,这是谁谁谁著作中的第几卷第几章第几页甚至第几行,台下听我父亲报告而不五体投地的人,简直太少了。

还有一点,就是我父亲讲话作报告时语言的生动和风趣。他的被我的表姐们听起来侉里侉气的口音却正顺了台下大部分农村入伍的干部战士们的耳。他的那些家乡方言土语,那些农村田间炕头很流行的歇后语和俏皮话,很能打动台下大部分人的心并令他们心领神会,开怀大笑。就连父亲嘴里的错字白字,他们听起来也觉得有滋有味,因为平时他们也这样说错念白乃至固执地认为这些字就该这么说这样念,正确读音反而令他们耳生反感,认为你在咬文嚼字卖弄学问。因此,要塞的干部战士们凡是听过我父亲的讲话和报告的,普遍地认为我父亲有水平,而且水平高。

我也是这样认为的。我觉得我父亲在解释一种理论或一个道理时，比我的那些在讲台上拿着一根棍子乱敲乱吼的老师可强多了。有一阵子，我老听人家说"形而上学、形而上学"的，我不明白就问父亲，形而上学到底是个啥意思。父亲想了想，弯下腰拍着我的脑袋说："形而上学，就是一个叫形儿的小孩去上学，老师教了他齐步走，以后他就再也不踏步和跑步了，你说这个形儿呆不呆？"我马上点头说："呆！呆！"这样，我就把形而上学在我那种年龄层次上搞明白了。

父亲开始看《红楼梦》了。父亲把竖版的泛了黄的《红楼梦》一般都是打开在某个看到的页面上，然后又反扣在枕头旁边。父亲从不把《红楼梦》拿到他的办公桌上，我理解大概父亲认为曹雪芹不配上他的办公桌，因为曹的级别不够，没有资格跟无产阶级的精神领袖们共聚一堂。父亲从不用正儿八经的时间看《红楼梦》，只在晚上洗漱后换上睡衣睡裤钻进被窝临睡前那一段时间里强打起精神看上几眼。父亲对大观园里那些男男女女无聊透顶的剥削阶级生活实在提不起精神来，往往看不到两页，就打起欢快的呼噜来了。

母亲对父亲看《红楼梦》时的进展感到吃惊，她问父亲："你是不是看竖版书很费劲呀？怎么能看得这么慢？"父亲实实在在地回答说："有点。看着看着老串行，前言不搭后语的。"母亲就说："你的眼睛让大块头的红头文件给惯坏了！"母亲找来我们上学用的一把木尺，交给父亲，提示他用木尺捂住后边一行，一行一行往后挪。

那阵子我大概读小学四五年级的样子，已经开始对语文课感兴趣了，课本上那有限的几篇课文实在不过我的瘾，我就把我哥哥姐姐们各个不同年级的语文课本看了个遍。那时哪有什么课外书看。我有一次无意识看到了父亲枕边的《红楼梦》，好奇地看了几眼，但从此就再也拔不下眼来了，偷偷地看上了瘾。

有一天在早饭桌上，我父亲问我母亲："哎，你说，贾宝玉生下来嘴里就含着一块玉，这不是扯淡吗？"母亲张了张嘴，觉得父亲的起点实在是太低了，根本没法子跟他探讨这类问题，母亲叹了口气不予回答。

此刻的我正背着书包要走，听见父亲的问话，又没听见母亲的回答，就情不自禁地停下脚，向父亲卖弄起来。我说："爸，那是神话！是假的！要不怎么叫贾宝玉贾宝玉的……"

我母亲显然是吃了一惊，她诧异地别过头来望着我，问："你看《红楼梦》了？"我吓得点头不是摇头也不是，因为母亲对这类书一般都藏得很严，不让我们接触中毒，我是偷偷在看。我母亲又疑惑地问我，你能看得懂吗？我硬着头皮回答，马马虎虎吧！就拉开门一溜烟跑掉了。

我母亲对我偷看禁书的行为采取了睁一只眼闭一

只眼的态度,我也就心照不宣地比较公开了这种偷看。放了学,我哪也不去直奔家门,溜进父母的卧室,拉过《红楼梦》,把父亲看到的地方先做个记号,然后就趴在床上如饥似渴地看起来。如果听到脚步声,我还要把书放回原处跑到桌子前拉开抽屉装出找东西的样子。

问题是,我父亲看书看得太慢了,我都看完了第一遍又从头看第二遍然后再将我喜欢的章节看第三遍,就这样父亲一本书还是看不完。我跟父亲像龟兔赛跑,只不过这次是乌龟睡过去了。我实在熬不住了,就去催父亲:"爸,你快点看,要不我老看不上第二本。"父亲满脸堆笑,满口笑应,可就是不见乌龟快动。我就对父亲发脾气警告说:"你再不看快点,我就偷着吃盐啦!"自从我得了肾炎,父母一直让我吃清淡的饭菜忌口太咸。父亲在我的威胁下,甩掉了母亲的木尺,先是一目十行,到后来就百米跨栏一般,连蹦带跳地过去了。

我在看完了全本《红楼梦》后，实在想对人倾诉一番，而这个人又必须是也看过《红楼梦》的，我就只有斗胆找我的父母了。

我把时间选在军营里熄灯号响过，再过十分钟发电厂就要停止供电的时候。我跑进父母的卧室，母亲已经进了被子里，父亲在地下找着什么。

"妈，晴雯死得实在太可怜了！她的哥哥嫂子实在是太坏了！我倚在门边这样开头。"

还没等母亲开口，父亲就惊奇地停下手里的动作望着我说："哎，晴雯最后不是嫁给了那个姓蒋的戏子了吗？怎么死了？"

这大概是父亲生平第一次没好好听毛主席的话，糊弄了他老人家。他只看了一遍《红楼梦》，而且看得极不认真，极敷衍了事。

K

看完《红楼梦》后,我的作文的想象力和表述能力有了突飞猛进的长足进步。我的一篇题目叫"海上落日"的记叙文甚至还被编入了省里的小学生作文选。母亲对此大概产生了一种幻觉,觉得我应该而且能够成为一种坐在家里写书的作家。虽然我父亲看不起作家,但我母亲崇拜他们,敬仰他们。母亲给了我一种前所未有的荣誉:开放她珍藏着的书库——母亲有一箱子书——让我在里边自由地呼吸。

那简直是我一生中最最快乐的时光。放了学,我在外边一分钟也不想多待,飞跑到家,抱起一本书,或躺在我的单人床上,或到院子里那棵老桃树上找个舒服的位置靠上去,跟着那些"封资修"的代言人,满世界乱跑,在世纪的公园里上蹿下跳。

那张照片，就是我在看完俄国伟大的作家列夫·托尔斯泰的《安娜·卡列尼娜》后发现的。

我看完最后一页，轻轻合上，不知为什么，我心里有一种说不上的滋味在流窜。我试着猜，这种滋味大概就叫惆怅吧？那时，我还不太容易接受文艺作品中这类性格、人品和行为都比较复杂的人物。对这个叫安娜的俄国女人，我说不上是喜欢还是厌恶；对她的悲剧，我也说不好应该拍手称快还是扼腕叹息。我感情复杂地把这本用牛皮纸包着的散发着樟脑球清香的《安娜·卡列尼娜》抱在怀中，想象着安娜是个怎样的女人。后来我突然反应过来，感到这本书不像其他书一样有插页，它一张插页也没有。我想，哪怕有一张安娜的侧面画呢，也好让我看看这个叫安娜的俄国女人到底是长得什么模样。这样我一下子就想到了书的封面。是啊，封面上会不会有呢？于是，就在我拆开牛皮纸的包面时，那张照片掉了出来。

这是一张四英寸的黑白照,由于年代久远的原因,相纸也像这本藏书一样泛着一种古典的黄色。我在看到这张照片的一瞬间,安娜·卡列尼娜的一切问题都不在我的话下了,我脑子里唯一的念头就是:他是谁?

这是一个穿着西装的年轻男人的半身照。头发一丝不苟井井有条,脸上认真地拘束着,很容易让人产生一种信任他的好感。问题是,他的那件西服和脖子上的领带!我大概是被这两样东西吓住了。

那个年代像我这么大的孩子对西服的误解相当地深,在我们看过的有限的几部故事片里,穿西服的一般都不是好东西。即便是好人,在他穿西服出现时,一般都是在执行某个需要乔装打扮的比较危险的任务。我们那时对西服没有好感,甚至在潜意识中还存有几分恐惧。

这箱书是母亲的,好像是母亲作为嫁妆一起带过来的,那么,这个男人一定也是作为母亲的陪嫁一起进了我们的家门。可这个男人是谁,是我母亲的什么人?

我无意地翻过照片来,照片背面把我吓了更大的一跳,因为上边有一行用钢笔写的外文。我当然一个也不认识,但底下那行阿拉伯字码写的年月我可认得:"1947.6"。

我的天哪!这不是中华人民共和国成立前吗?

中华人民共和国成立前,外国字,穿西装的男人。我头上有汗在慢慢地渗出,我感到我四肢在发凉,那一刻我的心跳简直就没有了。一大堆的不幸铺天盖地地向我砸来,我甚至都想到了我母亲是国民党潜伏下来的特务,那外国字是指示我母亲潜伏下来的命令,这张照片的男人是跟我母亲接头的男特务。

我一下子从我的单人床上蹦下来,我想把这张照片藏起来,我不能没有母亲!如果真没有母亲那我可就完蛋了,在学校就别想再抬起头来了!

我先把照片压在褥子底下，觉得不行，又掖到大衣柜后边的墙缝里，还不放心，我就钻进床底，把那西装男人塞进了我上体育课穿的散着一股难闻的味道的白球鞋里。

饭桌上，我的母亲不知在跟哪个哥哥生气，脸拉得老长，我越看她这个样子觉得她越像个因接不上头而焦躁不安的女特务。我心里那种绝望、痛苦和恐惧，简直要把我压疯了。

我一个人实在承担不了这样巨大的灾难，我想我应该向谁报告，于是，我又钻进床底下，把那只臭球鞋拖出来，取出那个西装男人，郑重地交给了我父亲。

午睡的时候我躺在我的单人床上，耳朵却支起来听着我父母房间的动静。我等啊等，等啊等……啊，终于有了。我一跃而起，赤着脚溜到父母卧室门口，把耳朵贴上去偷听。

"我说过了，这是我高中时的同学"，母亲的声音。

"同学？一般同学送什么照片？你那么多同学怎么就单单他送给你照片？"父亲的声音，咄咄逼着我母亲。

"你真狭隘！一个男同学送的一张照片你也这样，再说这是多少年前的事了，那时我们还没结婚，甚至连认识也不认识。"母亲的声音。

"你跟我谈的时候可没提过他，你说你没谈过恋爱。"父亲的声音，越说越像个农民。

"我是没谈过恋爱！我有什么必要骗你，我嫁不掉吗？当初是我硬追着你要嫁给你的吗？"母亲的声音，开始翻箱倒柜了。

"没谈过恋爱？那这张照片是怎么回事？"父亲的声音，车轱辘话又转到了照片上。

"我没办法跟你解释了。你没上过学，你根本不知道同学是怎么回事！"母亲冷冰冰的声音。

"哼！"父亲的冷笑声，"我是没上学，我不知道你们这些洋学生那些乌七八糟的事！"

"你真无聊！"母亲开始动怒了。

"好，我无聊。我无聊。那我问你，这后边写的什么字？"

"英文。"

"我知道这是英文！我问你写的什么。"

"送给密司安（Mrs. An）留念。"

"密司安？"父亲的山东腔把这个文明的称呼说得怪腔怪调，非常可笑，"什么意思？"父亲又问。

屋里咣的一声巨响，我猜想是母亲把床头柜上的台灯扫翻在地上，接着是母亲歇斯底里的声音骤响："安小姐！安小姐！安小姐！安小姐！安小姐！安小姐……"

母亲喊安小姐的时候，声音愈来愈低沉，愈来愈嘶哑，愈来愈悲愤，愈来愈凄然，最后，竟带了哽咽。

母亲大声喊"安小姐"的时候，我分明是感到母亲在喊她自己，喊那个二十年前在青岛街头漫步的穿着碎花旗袍的年轻的她自己。"密司安！安小姐！"母亲的声音穿透了二十年的时空，把那个已走得好远好远的安小姐又叫得回过头来，她冲着泪流满面的正在衰老的母亲璀璨地一笑，那笑容既清晰又模糊，既亲切又感伤，令母亲痛彻心扉！

门被突然打开，我差点栽了进去；跟我一起趔趄的是我的几个哥哥和姐姐，他们不知是什么时候跑过来的。

"滚！"父亲对着我们大吼，"都给我滚出去！"

那天晚上，小招待餐厅里有上边来的客人，陪客的父亲竟喝得酩酊大醉。他被人架回来时，浑身的筋像被抽去了似的。他的军装上吐得斑斑点点的，老远就闻得到他身上的酒气。他喊着："冷，冷，我冷啊……"嘴里的黏液怎么也吐不干净。

母亲送走客人，回到父亲身边，用冷毛巾给他揩脸。

父亲让凉气一激,睁开了眼,认出了母亲。他一把抓住母亲的手,叫着母亲的名字,说:"安杰呀,安杰!你,你,你对不起我!我对你这么好……好,你还藏着别人……人的照片,你说……说……你对……对得起我吗?"

你说父亲说醉话吧,他说得条理清楚,事情明白;你说他没醉吧,他连眼睛都睁不开了。他伸出一根手指头,点着我母亲,数落着我母亲的不是。

"想……想当年,追我的女……女……女青年多……多的是,我全……全没看上!就看上了你……你,我想,你……年纪轻轻,一定单……单纯,喊!单纯个屁!小小的年纪,就……就知道收男人的照……照片!"

白炽灯下,我母亲的脸色惨白,拿着毛巾的手气得发抖。我望着那条发抖的毛巾偷偷地想,爸爸他也只有借着酒劲才能收拾住妈妈。

$\mathcal{L}$

那是个星期天的下午,我父亲难得在家。那天他的兴致极好,见我们正围在案板前包饺子,就挽起袖子一起干开了。

门被小哥撞开,被他同时撞开的,还有一扇看不见的灾难之门。

跟在小哥身后的人,我们没见过,但我们又分明都认识他,那张国字型的脸,还有我父亲家祖传的特有的鼻子:高挺的鼻梁上方那明显的凸出。

他大约二十岁出头,穿着一身农村自家织的黑不黑灰不灰的粗布衣裤;高高的个头,有一张同影集里我父亲年轻时一模一样的清癯的国字脸,留着一种剃头刀子剃到头顶时戛然而止的头发,我们笑称"锅盖头"。他站在我小哥身后,像个走错了门的不速之客,脸上被血充得红彤彤汗津津的。他立在那儿,一双方口的很笨很拙的布鞋拘谨地拧在一起。那种姿势,令他有随时倒下去的危险。我的怜悯之情大概就是在这一瞬间产生的。

我的父亲不由自主地站起身来,举着两只沾着白面的手,疑惑地问:你找谁?

那农村青年上下嘴唇翕动着,努力了几次也没发出音来,那双忧郁的眼睛突然滚出了大颗大颗的泪珠,他哽咽着,费劲地叫出了一声"爹!"

我父亲的两只眼睛马上就骇得圆住了。他惊慌失措地望了望站的站坐的坐的我们,又望着那喊他"爹"的农村青年,嘶哑着声音又问,你叫谁?叫谁爹?

那清癯的国字脸上的泪珠越滚越多,他突然蹲下身子,双手捂住锅盖头,又大着声哽咽了句"爹"!

啪的一声脆响,我急忙转过头去,见我母亲把手里的擀面杖往案板上一丢，站起身来，拍了拍手上的面粉，一脚踢开凳子，向她的卧室走去。房门在她身后轰然震响，吓了我们一跳。

我父亲看了看蹲在地下哭泣的农村青年，又看了看惊骇得不知如何是好的我们，掩饰地拍了拍手，也很快地钻进了卧室。

我的姐姐和哥哥们气愤地盯着地下这个抱头而泣蹲着的人，我的小哥甚至还用回力球鞋踢了踢那双又笨又拙的黑粗布鞋，恶声恶气地说，你来干吗？你滚！你滚！

我二姐大声制止了小哥，厌恶地望了望地下这黑乎乎的一团，一甩头说："走！我们走！"率先离开了饭厅。

我先跟着他们走了几步，又觉得不太对劲，我的心不知为什么被揪得一扯一扯地痛。那时，我看了我母亲箱子里的许多书，那些中国的外国的小说中好像也有类似的情景:一个被欺辱的小人物的眼泪和痛苦。我下意识地跑进卫生间,从铁丝上抽下一条洗脸毛巾,跑到那人的身边,用手捅了捅他。我说:"哎,别哭了,哪,给你毛巾。"

他扬起脸,湿漉漉的脸上果然满是屈辱和痛苦,好像还有一种胆怯和难为情。他没接我的散发着香皂气味的毛巾,而是抬起胳膊,用粗布褂子抹了把脸。这之后,他仔细打量了我一眼,冲我犹犹豫豫地点了下头,我想他大概是在谢我。

父母的卧室里传出我母亲撕心裂肺的哭声,间或还有乒乒乓乓摔东西的声音。我母亲到底扯着嗓子在喊着什么,朦朦胧胧地听不太清,我知道我母亲一定是因他而哭,因他而吵,因他而闹。我有些不好意思,歉意地冲他笑笑。我真想也闹出点动静把母亲的哭声和闹声压下去,但我实在找不出闹这么大动静的理由和条件。

这时，小姐冲进来，她恶狠狠地抓起我的一只胳膊，不由分说地把我拖出去，拖到了二姐的房间，他们都在。

小哥开口就骂我"叛徒"，我被他骂得莫名其妙，皱着眉头不大明白地望着他们。那时，我大哥大姐已当兵走了，二姐成了我们精神上和行动上的领袖。她看着懵懵懂懂的我，竟老于世故地叹了口气，说我，你这个傻瓜，还犯傻呢，咱们家大难临头了。见我还紧锁着眉头不明不白的样子，她又叹了口气，说："嘻，真是个傻瓜。那人是爸爸以前的儿子！没听他管咱爸叫爹吗？爸爸背着咱们在老家一定还有一个老婆，就像张军和许赤强他们的爸爸那样！"

我真被五雷轰了顶！

我记不清那天的饺子吃了还是没吃，吃了的话也不知是如何吃下去的。我只记得那天晚上那个穿着粗布衣裤和方口布鞋管我父亲叫爹的农村青年，被公务员小黄领到招待所住下,我们的还空着几间房子的家竟没有他的一席之地。

第二天一大早,我母亲红着一双肿眼赶第一班客船出岛回青岛娘家了。我甚至都不知母亲的出走。我起床到卫生间洗漱时,小姐叼着牙刷吐着满嘴的白沫神神秘秘地告诉我,咱妈不辞而别了。大我两岁的学习不怎么样的小姐用词竟惊人地准确。

第二天晚上,他住进了家里,住到了大哥当兵前住的房子里。那间长子的住房,他住是再恰当不过的了。

那天晚上,我父亲和他关上房门,在房间里嗡嗡嗡地谈到了好晚好晚。我们对父亲这种背着我们谈话的举动很气愤同时也很惊恐,生怕父亲会背着我们把原本该属于我们的东西给了他。我们几个轮番把耳朵贴到门上的钥匙孔上,耳朵都要挤扁了,还是听不清他们在说什么。我小哥气急败坏地朝门上踢了一脚,发出了很响的咣的一声。父亲拉开门站在门口,对着空无一人的走廊喝道,谁!是谁!我们躲在各自的房间不吭声,听着父亲愤怒地发问。

他在我们家待得真是可怜。

那是秋天,岛上的学校有秋假。他没来以前,我们像野兔一样不到开饭号响一般是不回家的。自从他来了,我们几个像他会把这个家偷去似的一刻也不离开这座红色瓦顶的房子。我们故意在一起亲亲密密热热闹闹地大声说笑,从这个房间到那个房间乱窜,把房门摔得噼啪乱响,以示我们主人翁的权利和气派。我们故意不搭理他,甚至不用正眼看他。吃饭的时候,我们又故意挑挑拣拣,大声批评小食堂的炒菜越来越不像话,显示一种对饭菜的漫不经心和满不在乎。

他一般都是缩在饭桌的一个角落里,拿着一个馒头或捧着一碗米饭。筷子很少用,很少往菜盘子里伸。我看得出,一个馒头或一碗米饭对他是远远不够的,但每顿他都是吃完一个馒头或一碗米饭就坚决打住,决不再拿第二个馒头或盛第二碗饭。

他很孤单。

没人跟他说话没人搭理他,甚至我的父亲,也就是他的爹,对他也抱有一丝怀疑,或者是……反感。不,我说不上来,我只发现父亲看他时的眼神和神态奇怪极了。

开始的时候,公务员小黄还跟他聊聊天说说话,我小姐私下里警告了小黄,不准小黄再理他。小黄就多一事不如少一事地尽量避着他,躲着他,能不说话尽量不说,实在要说,也是嗯嗯呀呀地应付。

他不能走出这个院子,这大概是我父亲对他提出的要求。也许我父亲是怕这个跟自己长得很接近的面孔露出去会引起不必要的轰动和麻烦。于是,他就成天待在这个院子和这幢房子里,和一群敌视他处处给他难堪的人在一起,孤单、苦闷和难受是可想而知的。

文学启发了我的善良。我对那种恶毒的故意的举动实在做不下去也看不下去了，就偷偷地跟他有了往来。

我发现他每天早晨洗脸时从不在卫生间，我从房间的玻璃窗上，看他弯着腰站在院子里的自来水龙头前捧起凉水往脸上撩。那已是深秋了，岛里的深秋的一早一晚格外地凉，早上院子里甚至有了一层白白的霜露。

他大概连洗脸毛巾也没有，洗完了脸总是抬起两只胳膊轮流地抹着脸上的水珠子。我偷偷找来一条新毛巾，偷偷地交给他。我问他，你有洗漱工具吗？他听不懂的样子，直着眼珠子望着我。我进一步解释："刷牙，刷牙工具"；再进一步，"牙刷、牙膏"……他听明白了，就摇了摇头。我飞跑进储藏室，找出一支新牙刷和一管新牙膏，过分热情地把牙膏挤到牙刷上，教给他刷牙的姿势和动作，他的清癯的国字型的脸红了，很难为情的样子，我因此就有了一种很舒服的感觉。

现在想来，这实在是对他的另一种形式的折磨和摧残，像是一条吮过水的软鞭子，唰唰地抽在他年轻结实的肢体上。这甚至比我的哥哥姐姐们更恶毒。

但我实在是出自一种善良，是经过文学启发了的善良。如果非要算是恶毒，也要算是善良的恶毒。

一个月后，他被我父亲弄到宁波东海舰队一个老战友手下当兵去了。

临走前的一个晚上，他穿着我父亲的一套旧军装走进我的房间。当时我正在台灯下赶着做秋假作业，他站在房子当中，看着被台灯拉长在石灰墙上的我的影子，不好意思地向我道别。

他说："小妹，我要走了。"

小妹。我上边有一大堆的哥哥姐姐，他们没有一个这样郑重其事地叫过我一声"小妹"。他们总是拖着长音心不在焉地喊我"老七"或"小老七"。他这一声"小妹",叫得我既高兴又难过,我想回报他叫他一声"大哥",但又觉得这样有点对不起我的真大哥。我在台灯昏暗的光线下,含含糊糊地向他点了点头,嘴里嘟囔了一声,连我自己都不知说的是什么。

母亲从青岛回来了,母亲是在姨妈的陪同下回来的。母亲像是豁然想开了一样,脸上挂着一种彻底的无所谓。

母亲对父亲的态度放得更开了,她像是一个好猎手那样捏住父亲的一条尾巴,想什么时候扯一扯就什么时候扯一扯,想什么时候拽一拽就什么时候拽一拽,过去她还对父亲偶尔的脾气避一避,现在她可以迎面而上向父亲开顶风船了。

一次,忘了为什么,父亲冲着母亲发脾气,母亲可不吃他这一套。母亲叉着腰伸出一只依然纤细的手指头点着我父亲说,你给我少来这套!我也只是藏了一张照片，你倒好，藏了一个有血有肉有呼吸的活生生的大儿子！你多能啊，多有本事啊！

父亲像那右派姨夫一样，脸马上就黄了，耷拉下脑袋来一声不吭了。

很久很久以后，我有机会到南方出差，在这个早已开放了的叫特区的城市，我顺便拜访了我那个同父异母的哥哥。这个早已脱下军装的哥哥，他给我的名片上挺吓人地写着某某企业集团董事长兼总经理。

晚上，他在一个叫什么拉克的大酒店请我吃饭，没别人，就我俩，他连他的妻子我应该叫嫂子的也没带。

在富丽堂皇有着巨大的礼花似的落地吊灯柔和的光线下，我的这位同父异母的哥哥跷着二郎腿，很无所谓地叫我"小妹"。

小妹，他这样对我说，咱俩压根就不是什么同父异母的兄妹，严格来说，咱们应该算是堂兄妹，我是你的堂哥，你是我的堂妹。不过，这种血缘也是够近的了，跟亲兄妹也差不到哪儿去。

没有铺垫也没有过渡，我简直呆掉了。看着他跷着二郎腿无所谓的狗样子，我真想把手里端着的路易十三泼到他那张国字型的有着祖传凸鼻梁的厚脸上去。他从头到尾始终是知道这个阴谋的，但为了这个阴谋得逞，他竟能守口如瓶这么多年，让我的父亲背了这么多年的黑锅。

想当年，我一直以为我们全家恶毒地对待了一个善良无辜的农村青年，使他蒙受屈辱和痛苦。现在看来，我们真是太自作多情了。哪里是我们对他？简直是他恶毒地对待了我们一家子，使我们一家蒙受了屈辱和痛苦，他真是太无耻太可恶了！

他显然是看穿了我内心对他的痛恨，又很无所谓地一笑，全不把我内心的痛恨放在心上。他用一只镀了一层金的很高级的打火机啪地点上一支香烟，深吸了一口，目光直插进我的眼睛里说：

"我母亲跟你父亲结婚时，按家乡风俗大你父亲许多。你父亲刚结婚没多久就跟着路过我们村的老六团走了，这一走就是五六年没有音讯，不知是死是活。我母亲守了五六年的活寡，作为女人，你应该比我还清楚这里头的苦衷。后来，我母亲跟我的父亲也就是你的大伯好上了，不幸怀上了我。正好这当头你父亲、我的叔叔不声不响地回来了。你父亲很快就发现了我母亲肚子里的我，虽然我母亲一口咬定我是他的，但这是骗不了你的父亲的。你父亲左猜右猜前疑后疑，就是没猜到在同一个院子里住着的我的父亲、你的大伯，也就是他的亲大哥身上。你父亲一怒之下，把我母亲赶出了家门。那个时候赶走一个女人是件很容易的事，甚至连休书也不用写了。我母亲回到娘家生下了我，含辛茹苦把我养大，在她死前她把一切都告诉了我。在她的授意下我没去认那个依然活着而且就在眼前的亲爹，而是到你家冒认了你的父亲。我的长相把你父亲都搞糊涂了，他甚至相信了我是他的儿子，虽然他在心里一直犯着嘀咕，但他毕竟是把我认下了。你的父亲很厚道，他脑袋怎么就不稍稍再拐点弯？世界上像叔叔或舅舅的孩子很多很多，你说是不是，小妹？"

他吐出一口烟，又说：

"我知道这很卑鄙，但没有那时的卑鄙，哪能有今天的我？为了这种卑鄙，我想我该付出的差不多都付出了。小妹，你大概已经不记得我在你家过的那一个月了，但我不会忘记，永远不会。"

"你们家我最恨的就是你的母亲了，"他吐了口烟又说，"怪不得老家的人没有说她个'好'字的。她看我的那种眼神，就像看一个小偷、一个无赖。她真认为我是个无赖是个小偷，偷走了她明媒正娶正房太太的荣耀。叫我说啊，她才是一个小偷哩！她偷走了原来该属于我母亲的一切！"

坐在他的对面听他如此诋毁我的母亲而没有任何举措，那实在是我的不孝。于是，我说，我口气很冲地说："你母亲是自找！谁让她不守妇道！"

"哈……对！我母亲是自找，谁让她不守妇道与大伯哥通奸呢！但如果她守了妇道不与我父亲通奸，你父亲回来就不会休掉她吗？你父亲肯把一个裹小脚的大字不识一个的农村女人带进城市去吗？你说，会吗？"

我久久无语没法回答。我想这个问题也不该由我来回答。

他肯定看出了我的心思，又耿耿于怀地接着说下去：

"城市女人真叫绝。她们看不起农村人，管农村人叫乡巴佬，但一旦这些乡巴佬男人出人头地了，城市女人们又不肯放过他们，蜂拥上来统统把他们俘虏过去，抢走原来该属于农村女人的一切。你母亲就是其中的一个。"

那天晚上，他很少喝酒，只是一根接一根地抽着外烟。飘散不去的烟雾把他裹缠缭绕着，使他时隐时现的很不真实。面对这个一身名牌西服一口纯正普通话的成熟的有魅力的男人，我无论如何也不能把他同那个留着锅盖头、穿着一身粗布衣裤和方口布鞋的老实木讷的农村青年联系起来。我坐在他对面，有一种很奇怪的感觉，像是在受审判，代我的母亲，代那些抢走农村优秀男人掠走农村女人的幸福的所有的城市女人受过。我无话可说，只好大口大口地往肚子里泼路易十三洋酒。

那晚上平日很有些酒力的我，竟醉倒了，吐得一塌糊涂。第二天一大早，这位冒充了十几年同父异母哥哥的堂兄来宾馆看我，他竟十分幽默地说，小妹，你真了不起，你把法国上百年的历史吐得遍地都是。

临走，他给了我一个带着一颗好大的钻石的金戒指。他扳着我的手教我，应该戴在这个手的这个指头上。那神态，分明就是当年我把牙膏挤在牙刷上在教他刷牙。

我又听到那条吮了水的软鞭子在我耳边唰唰作响。只是这次是抽在我身上。

M

那年夏天，当我的大哥国庆把一个长着满头自来卷发的女孩带回家休假，很不自然地向我们大家介绍说，这是他的女朋友时，我的母亲似乎还没有做那女孩婆婆的思想准备。我母亲脸上的迷惘告诉我们，她一时半会儿的还进入不了当前这个角色。

果真就很费事。她似乎连对那个卷毛女孩笑都不会，实在要笑了，她也只是把嘴角的肌肉往上扯一扯，笑出来的效果让我们这些无关紧要的人都起一身一身的鸡皮疙瘩，更不要说大哥的女朋友了。

我父亲以一个老农的厚道和慈祥善待着这个未来的儿媳妇。父亲看她时的眼神极其丰厚，有麦收开镰时的喜悦，也有白摘了人家自留地架子上一根顶花带刺的鲜嫩的黄瓜的喜悦，而更多的则是——以我对自己父亲的了解，我知道他老人家的想象力又跑到现实的前头去了——他好像看见了一个活泼结实的大胖小子，这小子叫我大哥爹，叫我小姑，自然就该叫我父亲爷爷喽。

吃晚饭时，我大哥的卷毛朋友吃了几口就说吃饱了，一个人跑到院子散步去了。我母亲瞅着这个空当说我大哥，你才多大呀，就谈起了恋爱？

大哥对母亲对他恋人的冷淡早就窝了一肚子的火，他终于有机会爆发了，他把饭碗哐地摔在饭桌上，金丝边的细瓷碗在大理石桌面的碰击下忽然就四分五裂了。大哥压着声音——大概是怕被他院子里的恋人听见——低吼道:"我都二十四了,谈个恋爱有什么了不起?"

母亲被大哥的火气吓了一跳,就耐着性子教育大哥,你年纪还不算大,要把精力用在工作学习上,不要过早地坠入情网。

大哥的脸都白了,他站起身来,连带把屁股下的椅子都撞翻了。他边往外走边说:"你少给我来这套!你像我这么大,别说坠入情网了,连孩子都有了!"

父亲本来是想帮大哥说说话的,但一看大哥又摔碗又掀椅子又没大没小地说话,就把开始时的初衷给颠倒了,他帮助母亲喝住大哥,骂道:"你个兔崽子回来!还反了你了!"

大哥假没休完,就带着他的卷毛恋人愤然提前回了上海部队。临走前大哥咬着牙发誓这个破家他是再也不登了！抬八抬大轿来请他他也不回来了！母亲抹着眼泪凄凄地说："都说是娶了媳妇忘了娘，这还没娶哩，娘就不要了。"

两年后，大哥没有遵守他的诺言，再次踏进这个破家。这次是带着他的新婚妻子回来度蜜月的，可惜新娘子不是那个卷毛女孩。这里面的曲里拐弯肯定不少，有我大哥的原因，但我母亲的干涉也不能排除在外。

母亲终于还是接受了当婆婆的现实，她毕竟是个有文化的人，在调整了自己后，她就很顺利地踏上了做婆婆当丈母娘的愉快的征程。

那简直是母亲的丰收的季节。她对好像是一夜之间成熟了的果实有一种不相信不踏实的丰收的喜悦。她突然意识到在她的生命之中，这段时期应该算是辉煌历程了。她在结婚生孩子随父亲进海岛把工作给搞丢之后，一直过着一种比较简单的家庭妇女的生活，生命中的成就感对她来说已是相当陌生了。这种成就感一旦从天而降被母亲重新体验品味出来，她的欣喜是怎样的若狂，不用我细说，诸位恐怕也是能想象得到的。

母亲再也不会重蹈气走大哥两年不踏入家门的覆辙了，她吸取经验教训对我大姐亚洁的婚姻采取了一种先下手为强的战略战术。她早早为我大姐选了一个宣传干事。情窦未开对男人没什么经验的大姐一眼就被这个戴着一副宽边眼镜的白面书生给迷住了，并且对这个小白脸在军区小报上发表的小豆腐块崇拜得不得了。小白脸对我大姐的父亲的位置很敏感也很重视，再加上我大姐的模样儿实在是没什么挑剔的，他全力以赴上阵，聚精会神一丝不苟地对待，没两个回合，他就把我大姐收拾得温温柔柔的，苦熬了一年就去登记领了结婚证。

我二姐亚萌的婚事在我母亲的一手操纵下进展也十分顺利。二姐夫是个作训处的参谋，面孔虽不似大姐夫的白，但小伙子"羔裘豹饰，孔武有力"的阳刚之味，正合了我二姐这个军区射击队队员的口味，因此，也没让我母亲操多少心，费多少力，就一步一个脚印步步合我母亲心意地拜堂结了秦晋之好。

母亲在二哥国宁身上遇到了点阻力和麻烦。母亲在又一次轻车熟路地把要塞医院内二科一个姓白的长得小巧可人的医生，领到回家休假的二哥面前时，未想到二哥竟君子柳下惠一般地坐怀不乱，连正眼瞧也不瞧这个羞着一张娇脸坐在咫尺之外的小白医生。事后他正气凛然地对我母亲说："你以后少用这些乌七八糟的事来打扰我，我正经事还干不完呢，哪有心思顾这些？"母亲就说："你不小了，都二十五了，先谈着，不忙结婚的。"二哥不耐烦地一摆头说："嗨，我的事不用你操心，我自有主张自有安排。"

二哥是个歼击机飞行员，模样长得很帅，人牛得不行，我们估计，一般的姑娘在他眼里恐怕要像他在空中俯视地面上的人一样，跟个黑蚂蚁似的。母亲大概想，也是的，这么优秀的儿子还愁找不到好媳妇？这样一自我陶醉，母亲就对二哥放松了戒备，对他采取了一种格外宽松的政策，连宏观控制权也自动放弃了，让二哥基本处在失控状态。等三年过后，二哥领着他的新婚妻子登门拜见公婆时，我那二嫂差点没把我的母亲给活活气死。

二嫂人长得要个儿没个儿，要样儿没样儿，要条儿没条儿，连个一般的标准线都够不上，唯一可以拿得出手的，是那张上海复旦大学中文系毕业的大学生牌子。

母亲气得在那些大喜的日子里，牙花子肿得老高。对上门道喜的人们捂着半个腮帮子一句话也说不出口，只一个劲地往嘴里倒吸冷气，那咝咝的声音真像一条蛇在吐蛇信子。

因为二哥事件，母亲提高了警惕，加强了警戒，对剩下的一男二女瞪起了阶级斗争的眼珠子。

小哥国强属于愣头青一类，他像个没见过女人的傻小子，对母亲塞给他的那个长得白白净净眉清目秀的小护士几乎没看仔细，就欢天喜地一拜天地二拜高堂再夫妻对拜着入了洞房。

乱子出在我那个平时不显山不显水的三姐亚琼身上。那简直就是一次里氏八级的大地震。我家那幢红砖红瓦的大房子差点被她夷为了平地，她的那次壮举让我从此相信了中国一句老话：蔫萝卜辣死人。

N

解决了小哥，我母亲连口气也没用喘就开始着手忙三姐亚琼的婚事了。三姐就在直属通信营当技师，母亲心想在眼皮子底下动手,其工作量肯定要比那些散布在天南海北的哥哥姐姐们的小得多,也轻快得多。

用不显山不显水来形容我小姐亚琼是再恰当不过的了。她人长得说不上好看也说不上难看,个子不属于高的也不属于矮的,在学校时学习不算好的也不算差的,当兵后既不给爹娘露脸但也决不给爹娘惹祸。总之,属于那种多她一个不闹少她一个也不静的主。我母亲从没把她另眼看过,视她为早饭桌上的一碟小菜。谁承想,就是这盘不咸不淡可有可无的小菜,竟差点没把我母亲那口坚实细密的牙齿给整口硌下来。

母亲这次为小姐选中的目标充分显示了她的老谋深算。在选大姐夫二姐夫时,母亲还充分考虑了女儿的审美情趣和男方家庭的城市背景,把工作重点放在了德、才、貌上。随着干部制度要年轻化的吵吵嚷嚷,母亲感到了父亲年龄上的危机。她不能不考虑在父亲下台之后谁来支撑这个家庭这个门户的大问题。靠大姐夫二姐夫那样的瞎参谋烂干事显然是杯水车薪远水解不了近渴的。

那个目标是在全要塞区召开的一次要求干部战士职工家属都要参加的大会上被母亲的慧眼捕捉到的。

这是个陕西塬上农村籍的五短身材的汉子,才二十八岁就从连队指导员直接提拔为团政治处主任,是那种三级跳远的火箭式干部。母亲的喜出望外是有充分理由的:现在能三级跳,谁能保证他将来不来它个五级七级跳?

陕西籍的政治处主任迈着坚强有力的大步走向舞台中央的麦克风前,一个刚劲有力的军礼差点把他的军帽掀翻。他一口一个"饿们……""饿们……"地讲了二十多分钟,台下的大部分人被他惹得眼冒虚光肠子咕咕直叫唤。

三姐回家过星期天,母亲把她叫到院子当中,在头顶暖暖的太阳下,像当年那个穿双排扣列宁装的寇同志和盘托出我父亲那样，把那个"饿"主任和盘托给了我的那位名叫亚琼的最小的姐姐。

小姐当场就愣在那儿，像当年的母亲怔怔地望着寇同志那样怔怔地望着母亲。此时的母亲把右手搭在小姐肩膀上，一脸的"这事就这么定了"的表情。

小姐看出母亲根本就不是在征求她的意见，而是命令似的通知她。于是小姐的蔫劲上来了，她先摇了摇肩膀，想把母亲的手从自己的肩膀上摇下来。但母亲像当年的寇同志那样，固执地不肯松手。小姐比当年的母亲多了一份勇敢，她抬起手把母亲的手从自己肩膀上扒拉下来。小姐乜斜着眼睛问母亲："妈，你没发烧吧？"

母亲的脸登时就沉了下来，盯住小姐问："你这说的什么话。"

小姐一点也不惧母亲那张变长了的细脸，反问："你都说了些什么？"

母亲冷着腔问:"你没听明白?"

小姐也冷着声答:"没听明白。"

母亲再冷腔问:"你是白痴吗?"

小姐又冷声答:"是白痴。白痴就一定要找个白痴做丈夫吗?"

母亲直起眼珠子品着小姐的话,品了半天才品出味来,不禁生着气说:"人家怎么成白痴了?人家年纪轻轻就进了团领导班子,啊,人家怎么白痴了?"

小姐绕过母亲径直往屋里走,边走边说:"他不是白痴我是白痴,我白痴配不上人家团领导。"

母亲出师不利首战败北,她受到的打击单看那张一直吊到胸前的长脸就可以了。

第二天下午,母亲给小姐打了个电话,让她晚饭回来吃饺子。听筒里母亲的声调轻松愉快,好像压根就没有昨天那场争吵。小姐想可能是母亲让步了,就很高兴地跑回了家。但进了家门一看,小姐的头一下子就大了：那个"饿"主任正把双手乖乖地放在双膝上，老老实实地坐在客厅的藤椅里。

母亲很亲切地走过来，像介绍一个普通客人那样给他们两人做了介绍。

"饿"主任冲小姐点头微笑，小姐一看那被劣质水源侵蚀了的黄门牙，眼珠子就翻到头顶上去了。

确实是吃饺子，但小姐把自己关在房间就是不出来。母亲笑眯眯地对"饿"主任说，这丫头还不好意思害臊呢，咱们先吃吧。

一个桌子上几大盘热气腾腾的饺子，就我父亲、母亲和"饿"主任三人吃。饭桌上除了母亲的客气声再就是上下嘴唇的吧嗒声。这毛病我父亲早就被他的乡下亲戚们给治过来了，我母亲是无论如何也发不出这动静的，声源因此就很单纯也很明确了。我父亲停下筷子看了一眼"饿"主任的嘴，又把眼光落在母亲脸上。母亲神态安详见怪不怪一点反应也没有。我父亲就纳闷，想我母亲什么时候变得这样平易近人这样没毛病了。

"饿"主任走后，母亲推开小姐的房间发现她早不知什么时候走掉了。我父亲说我母亲，我看这事就算了吧，亚琼不乐意你就别再强迫她了，俗话说强拧的瓜不甜。再说我看他跟咱们亚琼也不般配，你听他吃饭那动静，吧嗒吧嗒的听着难受。

"嗬！"母亲拖着长腔瞪起了眼睛，"你这嘴才不吧嗒了几天，就嫌人家吧嗒嘴？什么强拧的瓜不甜，咱俩不甜吗？咱俩不是强拧的瓜吗？"

父亲自然是张口结舌，无言以对。

小姐同母亲进入了冷战时期，索性连家也不回了。小姐不回家我母亲就隔三岔五地往她的单身宿舍跑，一坐就是大半天，给小姐絮絮叨叨地添头疼。母亲绝对相信"只要功夫深，铁杵磨成针"的古训。

有一天小姐实在对母亲磨针的毅力忍无可忍了，

她对母亲说:"妈,你别再费这个心思了,告诉你吧,我有对象了。"

母亲大吃一惊,怎么想也想不出小姐在这方面的蛛丝马迹。母亲疑疑惑惑地问:"谁?"

小姐像个大义凛然的女共产党,一字一句地说出一个人的名字:王——海——洋。

这个王海洋可不是个新鲜人物,我前边顺带着提到过他的,就是那个老翻我们家墙头的隔壁王司令的独生儿子,那个几乎跟我们一起长大的小瘦猴。他同我们家的七个孩子哪个都可以用"青梅竹马"这个词儿。

王海洋那时在岛上是个比较扎眼的人物,除了他是司令公子这条外,还有就是他二十好几了既不去当兵也不去参加工作,整天晃着一身的瘦骨头架子到处闲逛。那时岛上还没有"待业青年"这个词,但"街头痞子"这个词却是人人都知道的,岛上的人们一般都认为他跟这个词比较贴近。

我母亲自然是不会答应的,王海洋跟母亲的战略目标简直是南辕北辙风马牛不相及。就连父亲也不答应,他气愤地说:"'执'绔子弟!简直是个'执'绔子弟嘛!"父亲一激动,又念白了一个字。

这事把隔壁邻居也搅和了进去,王海洋那个脾气暴躁的爹对传舌者说:"×,有几个臭丫头就烧得他们不知姓什么了。看不上我们,我们还看不上他们呢!"

这话又被舌头们搬到一墙之隔的我的母亲耳朵里。我母亲一声冷笑,说了句完全可以贴到大门口当对联的相当对仗的话:癞蛤蟆想吃天鹅肉,狐狸吃不到甜葡萄。

王海洋被我母亲那个癞蛤蟆和狐狸的比喻伤了自尊心,他小子一甩袖子跑到南京他姨家躲清静去了,把我小姐一人扔在紧急状态中孤军奋战。

第一个发现我小姐吃安眠药寻短见的是我的母亲。这天好久不登家门的小姐突然回来了，她见了母亲不理不睬的样子母亲倒没觉得怎么样。自从娘俩中间出现了那个"饿"主任，小姐就经常是这种目中无母的样子。倒是她的眼神把母亲搞得心惊胆战。小姐的眼神游游离离地老也固定不到一个地方，母亲因此就多了一个心眼。后来我们才认识到母亲这个心眼多得实在是太好了，这个心眼救了小姐一命。

母亲叫人来撞开小姐的房门时，小姐已经睡得很香很香了，她的两个鼻翼在均匀地出着气。若不是发现床头柜上一个空了的安定瓶子，小姐就会永远这样很香很香地睡下去了。

大家七手八脚抱着小姐向卫生所跑的时候，我的母亲披散着头发跟在后边大呼小叫。母亲的叫声同急救车上闪着蓝灯尖声鸣叫的喇叭的作用是一样的，我小姐还躺在手术台上洗胃，全岛的军民差不多都知道了政委家的千金自杀未遂。

当在军区开会的父亲昼夜兼程赶到小姐住的病房时，小姐已经能坐起来喝粥了。小姐一见气喘吁吁的父亲，眼里的泪水像断了线的珠子，噼里啪啦地掉到手里捧着的碗里稀释着小米粥。

父亲坐在床边默默地望着哭成泪人儿的小姐，心中有一股很不好受的滋味在弥漫。父亲觉得简直没什么语言能够阐述他此时此刻的心情。

听足了小姐凄怆的泣声，父亲走出住院部，挥挥手打发走了小车，一个人倒背着双手脑袋沉甸甸地往家走。天边一簇将落未落的晚霞，红得凄恻，一如刚才病床上泪流满面的女儿。

父亲沉甸甸的脑子在想——这事影响太大也太坏了。一个堂堂的政治委员，连自己丫头的脑袋瓜子都管不住，往后还怎么去说服教育全要塞那么多大大小小老老少少的脑袋呢？

想到这，父亲的情绪就很坏，他先气小姐不给他争气不给他作脸，气着气着又一想，不对呀，一个年纪轻轻的女孩怎么说不想活马上就去找死呢？这里总有个原因吧。把原因细细一想，自然而然地就想到了我母亲头上。

父亲很重地几乎是用脚踹开了家门。天色已近黄昏，发电厂还没送电，屋子里黑乎乎静悄悄的，父亲走进客厅，看见了被他怨了一路的母亲。

母亲裹了条军用毛毯站在窗边，一动不动地望着秋色渐近的空阔的院子。母亲生了七个孩子，身材依然苗条。母亲苗条的身材裹着那条深绿色的军毯站在暮色中，一种很浪漫的情调在她身后洋溢着。父亲站在母亲身后，气愤地望着这种浪漫，心里的反感令他怒发冲冠。父亲想，真是江山易改禀性难移，家里出了这等大事，差一点亲手逼死了亲生女儿，她竟有心情在这儿抒情。

父亲很重地咳嗽了一声，母亲果真就回过头来。

母亲的正面令父亲吃惊不小。

这才几天，母亲竟衰老得如此迅速。井井有条了几十年的齐耳短发此刻披散得比任何一个农村随军家属都地道。原来精气神十足的眼睛像一夜之间散了光，有了点老眼昏花的味道。她在暮色中审视着父亲，一如当年在阳光灿烂的青岛公园里审视初次见面的父亲。只不过那时的审视很尖锐很刻薄目的性很强，此时的审视却堕落到了一种茫然，一种无助，一种无奈。

父亲酝酿准备了一路的激烈的词句全都哑火泡汤了。父亲觉得，还有什么比自己谴责自己更有力更深刻更有效果的呢？父亲很厚道地叹了口气，甚至走过去给母亲倒了杯热气腾腾的白开水。

现在父亲坐在藤椅上，母亲坐在对面的沙发上，两人在更深的暮色中相对无言。父亲想，还是我先开口吧，老这么干坐着也不是个办法。

父亲说:"这个教训是深刻的,好好吸取吧。"

母亲什么也没说。

父亲又说,孩子大了,我们做父母的什么该管什么不该管心中要有点数才行,像你这样什么都要插手就不合适了。

母亲又什么也没说。

父亲再说:"你也是有文化的人,男女青年感情上的事是容不得别人在旁边瞎掺和的,难道这个你还不懂吗?"

母亲再一次什么也没说。

父亲还说:"你也是,老糊涂了,亚琼和那个人门不当户不对的,他俩怎么能成一对?"

母亲这一次不再什么也不说了,母亲的突然爆发把黑暗中的父亲着实吓了一跳。

母亲说,不,对了,母亲不是说,是喊,是那种农村泼妇似的大喊大叫。

母亲叫着父亲的全称，粗粗俗俗地声嘶力竭地："秦得福，你也配说门当户对？三十年前你跟我门当户对吗？那时候你是什么，你不也跟那人一样是个农村人吗？农村人怎么啦？农村人就不是人，农村人就不该也不配娶个城市女人做老婆吗？"

父亲目瞪口呆，他简直想不透母亲的世界观是如何飞跃的。

O

我长到女孩子的黄金时节，被人像举接站的牌子那样接待了几个主题很突出的青年男子。实话说，还真有几个挺像样的，但我心里老有那么一种感觉，认定这中间少了一道程序。我想，这大概是我母亲的一箱子书把我惯出的毛病。好朋友们眼睁睁地望着我往老姑娘的行列里大踏步地迈进，痛心疾首地问我，你到底想找个什么玩意儿才肯罢休？

真应了那句古话，众里寻他千百度，蓦然回首，那家伙就在我身后不远的地方冲我龇牙咧嘴地坏笑。噢，那种怦然心跳面若桃花的感觉，真他妈的绝了！

问题是，他那种坏兮兮的笑有点儿麻烦。恐怕，我母亲那一关要过去是相当费事的。我实在怕我那严格要求严格把关的母亲，我知道这事百分之九十要黄在她身上。那样的话，我虽然不至于像小姐那样为他吞下一瓶子安定去医院的急诊室里洗胃，但长时间的闷闷不乐甚至终身不嫁的可能性都是有的。我也别指望能取得我那厚道慈祥的父亲的同情和支持，我认定我父亲对那坏兮兮的笑不感兴趣甚至会大倒胃口。

我想写信是解决不了这么复杂的问题的，弄不好我的母亲会赶到我的部队给我的同事和战友们搞出点茶余饭后的笑料来。我决定探家去,鼓起勇气面对面去争取我的幸福,拯救我的爱情。

二十天的假,张了十几天的嘴也没把顶在舌头尖上的他给抖搂出来。眼看假期告急,我想,死猪不怕开水烫,何况他都被烫过一回的,再拖出来烫一次吧。

我挑了个日丽阳高的好日子,瞅着母亲脸上的气象跟天气差不多,心一横,就说了。

"妈,我有男朋友了。"我说。

"噢!"母亲从她的宽边镜框后边看我,像奇怪我竟然也会有人稀罕一样。

这让我很生气,我换了口气很硬地说,这人你认识。

母亲又"噢"了一声,把眼镜从鼻梁上摘下来,一览无余地望着我。

"噢什么,我不该有男朋友吗?"我气愤地问。

母亲不在意我的气愤,她望着我的眼睛问:"是谁?"

王——海——洋!我一如当年的小姐,胆略像,气概像,连吐出来的名字也像;不光是名字,其实我俩说的是一个人。

母亲有点奇怪,仅仅是奇怪。她问我:"咦,你俩是怎么搞到一块的?"

我被这不三不四的"搞"字搞得很恼火,我觉得母亲简直是在亵渎我的爱情。我火气很大地说,我俩怎么搞到一块去的你别管,你只说你同意不同意吧。

母亲一脸的轻描淡写,她说,你们都大了,这事该你们自己拿主意,我们同意不同意都无关紧要。

热泪一下子涌满了我的眼睛,我不知道为什么,反正满眶盈盈欲滴的眼泪弄得我异常狼狈,我快步逃离了我的母亲。我不愿让她看到我的眼泪,也说不上为什么,反正就是不想,也不愿。

我躺在床上,把胳膊盖在眼睛上,像是要阻止汹涌澎湃的流水,又像是要遮盖这份软弱。我心里说,我真他妈的倒霉,什么东西到我这儿都是凉的,生我的时候连个正儿八经的名字都懒得给我起,胡乱叫我老七,把我叫得像个土匪。这一辈子的婚姻大事,管我上边的哥哥姐姐们管得带劲着呢,甚至差点管出条人命来,怎么到我这,连管一管的力气也没了。我真他妈的不招人待见。

父亲回来了,我听不清母亲在跟他说些什么,但一听那压低了的鬼头鬼脑的动静,我就知道母亲一准是在说我和王海洋的事。

果真,父亲抬高了声音说,王海洋,哪个王海洋?母亲的啾啾声。父亲又高着声说:"王海洋……那'执绔子弟'还想娶我们老七?"父亲依然认定王海洋是纨绔子弟,并坚定不移地把"纨绔"叫作"执绔"。

此刻对我来说，"纨绔"和"执绔"都问题不大意义不大，重要的是这个纨绔或者执绔子弟是否能被通过。我从床上一跃而起准备去做我父亲的思想工作。以我正在自学的那点电大中文系的功力，我觉得对付一个农村出身的没啥文化的经常念错字白字的父亲还是有把握的，别看他是个堂堂的政治委员。

我走到客厅门口，听见我母亲已抢先一步正在替我做工作。母亲的声音依然压着，但让站在门口的我听清是不成问题的。我听见我母亲劝我父亲说："你老糊涂了？你不知道这事是管不好也管不了的吗？弄得不好，黄鼠狼没打着，鸡也被拖跑了，你还要沾得一身臊。"

听听，听听！这像是亲生母亲说的话吗？这分明是后娘在唆使亲爹。要不是我的面孔跟我母亲的相是一种版本，我到医院去验血查血型的心都会有了。

好在我的假期就要结束，让我把这一肚子气都撒在那猴子身上吧。

王海洋瘦得依然。我蓦然回首的时候，他北大研究生毕业并留校当了老师。我说他，王海洋，你不适合讲现代文学，你适合讲生物学，讲人从猴的进化过程和偶尔的返祖现象。

我跟王海洋结婚的时候，人没回去，只打了个电话通知了他们一声。我说我们要旅游结婚没多少假期就不回家了。过了几天，一张五千元的汇款单到了我的手上。我父母在单子上除了写全了我的部队番号和姓名外，其他一字不提。不知是给我的陪嫁，还是鼓励我去热爱祖国游遍祖国的大好河山。我理解成后一种，把原先预定的旅游线路图扩充了一大半。我的丈夫王海洋深有感触地说，有钱真好，有钱就可以扩充疆域拓展航线。

P

两年后,当我的肚子即将挺不下去的时候,我突然对生产产生了一种深刻的恐惧。我觉得,要把孩子生下来身边只有一个瘦猴似的丈夫实在是件挺吓人的事。

王海洋跟我也有同感,他也对自己产生了深刻的怀疑。他热锅上蚂蚁一般一个劲地问我怎么办,怎么办。我白着眼珠子答他:"怎么办?让你妈来。"

王海洋这时的妈已不是那时的妈了。那个亲生的病妈早在他初中没毕业时就不负责任地走掉了。这时的妈是他不再当司令的爸爸后续的。王海洋跟他的后妈互相不待见。他把脑袋摇得如风中疾草,对我的提议全盘否定。过了片刻,他突然来了灵感一般,大叫,对了,叫你妈来。

上帝,亏他想得出来,叫我妈来,我妈是那伺候月子的人吗？

到现在，我同我父母已将近三年没见面了。我嫁了王海洋后，好像有许多因素不便回娘家去了。我母亲那自不必细说，我父亲对王海洋"执绔"的印象也是铁案一桩了。最难堪的是我那几乎为他殉情的小姐亚琼。虽然事情过去了那么久，但小姐见到他会是怎样的情形我把握不准：旧情难泯死灰复燃是我不愿看到的，仇人相见分外眼红我也不愿目睹。王海洋像王母娘娘划下的那道银河，把我同我娘家的往来隔断了。

在一切为了孩子、孩子的利益高于一切的基本原则下，我们两口子也顾不得那么许多了。我拨通了干休所娘家的长途，嘴里抹上蜜，拐了半天弯，把我们的迫切愿望给捅了出来。

想不到母亲在电话那头十分干脆，说："行啊，我们收拾收拾就去。"

看着王海洋兴高采烈的德行，我提醒他："哎，你可别对我妈抱太大的希望，你该干什么还要干什么去。"

王海洋忙说："那是，那是，你妈是什么人还用你说？我在你妈身上得到的教训比你多，我只是让他们来给我壮壮胆罢了。"

我见到我父母那一瞬间，有一种喉头哽塞的感觉。我一直以为我出来当兵早，独立性比较强，对父母的依赖比较少，对他们的感情好像没有人家孩子那样缠绵悱恻。这一刻我才突然意识到，父母毕竟是父母，我实在跟人家的孩子没什么两样，只是我平时没有特别的注意和体会罢了。

父亲几乎没什么变化，七十多岁的人了，精神好得不得了，保养得极好的胖脸上竟有婴孩般的光泽。坐了一天一夜的火车也不显疲倦。父亲上下打量着我，用他那改不掉的山东鲁西北口音说我："好哇老七，你也要当妈了，真快呀。"

我望着我的母亲,突然明白,我喉头的哽塞,我内心的那份伤感,全是因为母亲。

三年,有多久?母亲为何变得如此苍老,那笔挺的腰板呢?那一头的青丝呢?那光洁的额头呢?那炯炯的双眼呢?哦,我那年轻的、美貌的、高贵的青岛母亲呢?

我穿着摘掉领花肩章的黄军装,最后一颗扣子被硕大的肚子撑得紧紧的。母亲上前弯下腰,解开那颗扣子,说我:"这不勒着孩子了吗?"

我的眼泪终于掉下来了,像断了线的珠子,想止也止不住。母亲从口袋里掏出一方手帕,递给我,说:"瞧瞧多大了,要当妈了,还动不动就哭。"

我看见母亲的手。

母亲的手不再纤细,不再白皙,那上边有条条青色的血管,略显粗糙,像我见过的大部分的操持家务的母亲的手一样。

我住的是筒子楼的两间房。父亲洗了把脸就开始熟悉周围环境了。他从堆满了煤气灶具、厨房用具、空纸箱子、烂床板子、破桌椅板凳的狭窄的走道里倒背着双手迈着四方步从这头往那头溜达的时候，那气派的后背，把我的邻居们都给搞糊涂了，以为是哪个大首长下来微服私访、体察民情、现场办公、解决群众的实际困难来了。

父亲回到我们屋子，对我们发表观后感。他说："你们说，这北京哪好？啊？人挤人人㩐人的，你看这住的房子，那头放屁，这头闻臭味。你说怪不，还都愿往北京跑，北京有什么好？老七，你说。"

他突然想起什么，对王海洋说："你们这公用厕所不行，蹲坑，我恐怕不习惯，蹲不下，也蹲不住。"

王海洋眼珠子转了半天，讨好地说："爸，你看这样行不行：外边有卖便桶式木椅的，买一把您凑合一下。"父亲想了想，点头同意，说，好吧，就凑合一下。

　　我的母亲马上开始检查我的产前准备工作。她指着王海洋买的一次性婴儿纸巾批评道，你们这些年轻人就知道图省事，这个给孩子夹在腿里能舒服吗？将来不就成了罗圈腿了？洗几块尿布能累着你们？她从提箱里拿出一摞旧内衣内裤扯成的布片，说，还是这个好，又软和又吸水。

　　"海洋！"母亲在叫王海洋时，那声调慈祥得不得了，像叫我的一个哥哥她的一个儿子，像她对他从没有"癞蛤蟆"和"酸狐狸"的前嫌一样。是母亲老态得对往事一概记不得了，还是母亲老到了对旧事一概既往不咎？

　　母亲说："海洋，老七生了以后，你跟你爸睡那屋去，月子里我跟她娘儿俩睡。月孩子闹得很哩。你也不用请假了，该干什么干什么，别耽误了工作。"

　　母亲略显粗糙的手整理着尚未出世的孩子的小东

小西，嘴里絮絮叨叨些家长里短，那样子，真像个妈样子，和别人家的慈祥的妈妈一个样子。

我跟丈夫王海洋对望了一眼，双方的眼神如出一辙，莫名其妙得厉害。

Q

晚上躺在床上，我问丈夫王海洋："我妈说话时你老看我干吗？"丈夫王海洋答："你不老看我怎么知道我老看你？"

在舌头上，我永远不是北大中文系研究生毕业的丈夫的对手。我不在这个问题上跟他纠缠，单刀直插主题。

"哎，怎么回事，你说我妈这是怎么回事？"

王海洋平时老爱在我面前摆北大学子的谱，对我送上门的虚心讨教自然是不肯放过的。但这次他显得很慎重，足见他对这个问题也颇感兴趣。他抚着我隆起的肚子，像一个慈祥而负责任的父亲，深沉得可以。他想了好长时间，才说，这大概是一种角色互换吧。

我注意到了王海洋用"大概"和"吧"这样一些很谨慎的词语，这又足以说明他对这个问题还有待于深入地思考和研究。

北大学者王海洋接着这样探讨说："你的父亲秦得福跟你的母亲安杰从他们结婚那天起，就开始了相向而行的漫长的、艰苦的长途跋涉。他们各自向对方走去，各自向对方靠拢，他们走啊走啊，越走越近越走越近，眼看着就要胜利会师了，却来了个倒霉的擦肩而过。这样，你的乡下父亲秦得福走上了城市的柏油马路，而你的城市母亲安杰却走进了乡下的田间小道。"

"这是现象。"我说，"根据呢？你有理论根据吗？"

王海洋很深入地看了我一眼，啧啧地夸赞道："到底是北大学者的老婆，跟别的女人就是不一样。不满足现象，还要探究理论。"

我笑骂："别不要脸了，干什么都要捎带上你自己，别打岔，说理论根据。"

"这根据嘛，"王海洋拖着长腔，显然在临场发挥。他想了半天，突然兴奋起来，道，"啊，有了。你记得那句'润物细无声'的古诗吗？说的就是你爸你妈这样的现象。他们互相滋润着，也就是互相影响着，悄无声息，连他们自己也觉察不到。你父亲对你母亲是'引黄灌溉'，你母亲对你父亲是'引滦入津'。这样，你母亲就成了农村的土地，有了黄土的质朴；你父亲却在城市饮用水的处理中，成了有漂白粉味道的自来水。"

我疑惑地望着王海洋，怀疑说："是吗？"见他如饿鸡啄米，暂且信了他的。

沉思了半天，我一声喟叹："唉！我妈怎么这么倒霉。这年头人家都在农转非从农村往城市挤，怎么就偏偏她一个人倒行逆施去上山下乡了呢？"

王海洋嘿嘿嘿地直乐，说："我看你写小说吧，别看你的语言不太规范，但用词还是挺大胆别致的。现在小说不用规范语言了，要的就是你这种胡说八道。"

我用脚踹他，骂他："滚蛋！敢情不是你爹你妈，你躺着说话不腰疼。"

王海洋用手拥着我，劝我："你还真替你妈难过啊？你妈现在这个样子不是挺好的吗？絮絮叨叨随随和和的，活得多轻松。哪像她以前挺着个腰板紧着张脸的，多累！现在返璞归真是一种时尚，你懂不懂？要难过你该替你老爸难过，你看他现在变得这个毛病多，这不顺眼那不顺眼的，上个厕所还蹲不下了，累不累呀！"

见我还要开口，王海洋忙拉灭电灯，在黑暗中说："你省省吧，父母的爱情根本用不着我们做儿女的去评论。"

不一会儿，王海洋的瘦嘴里就打起了欢快的呼噜，我却没有一丝的睡意。我就想不明白，我的父亲和我的母亲到底是在什么时间什么地点擦肩而过的呢？